Sur l'auteur

Ancien conducteur de bus à Londres, Magnus Mills est né en 1954. Finaliste du Booker Prize en 1998 avec son premier roman, *Retenir les bêtes*, il obtient un grand succès public et critique en Angleterre. Un engouement qui se poursuit avec les deux romans suivants, *Sur le départ* et *3 pour voir le roi*. Son dernier ouvrage, *The Scheme for Full Employement*, a paru en Angleterre en 2003.

10
18

12, AVENUE D'ITALIE. PARIS XIIIe

MAGNUS MILLS

3 POUR VOIR LE ROI

Traduit de l'anglais
par Jean-François MERLE

INÉDIT

10/18

« Domaine étranger »

dirigé par Jean-Claude Zylberstein

Du même auteur
aux Éditions 10/18

Titre original :
Three to See the King

ISBN-2-264-03318-5

1

J'habite une maison construite entièrement en fer-blanc, avec quatre murs en fer-blanc, un toit en fer-blanc, une cheminée et une porte. Entièrement en fer-blanc.

Ma maison n'a pas de fenêtres parce qu'il n'y a rien à voir. Oui, il y a bien des volets que l'on peut utiliser pour laisser entrer la lumière si besoin est, mais ils restent généralement fermés à cause du temps. Elle est située dans un endroit sauvage, ma maison, au fin fond de la plaine. La nuit, des heures durant, elle grince et gémit sous l'assaut du vent qui cherche une ouverture par où se faufiler. Il faut même verrouiller la porte en haut et en bas pour l'empêcher de s'ouvrir à la volée. À une époque, je craignais qu'un beau jour le toit ne vienne à s'envoler, mais ce n'est jamais arrivé jusqu'à présent et je suis maintenant certain que l'édifice est solide. Celui qui l'a bâti y a veillé. J'ai découvert la maison vide il y a quelques années, et je l'ai adoptée pour mon usage personnel. Au premier coup d'œil, j'ai vu qu'il y avait tout ce dont j'avais besoin : un endroit où manger, boire et dormir sans souci, protégé des éléments par rien de plus qu'une épaisseur de tôle ondulée. Une demeure très modeste, il faut le dire, mais elle m'apparut propre et bien tenue, alors j'ai emménagé. Pendant longtemps, je m'y suis plu, je restais convaincu que je ne trouverais jamais de meilleur endroit. Et puis un jour une femme s'est présentée à la porte et m'a dit :

— C'est donc ici que tu te caches.

2

Elle avait tort, en l'occurrence. Je ne me cachais pas du tout. Cette maison en fer-blanc était l'endroit que j'avais choisi pour vivre. Me cacher ne m'était jamais venu à l'esprit, et cependant, à sa façon de parler, on avait l'impression que je m'étais enfui.

Mais qui était cette femme ? me demanderez-vous. Ma foi, je ne la connaissais pas vraiment. Une amie d'ami, c'est ce qu'on pourrait dire, je pense. La dernière personne que je m'attendais à voir ici, en vérité, mais elle semblait tenir absolument à une visite guidée, alors je l'invitai à entrer. C'était la période de l'année où le poêle devait être constamment maintenu allumé juste pour garder un semblant de chaleur. Elle frissonna un peu quand je fermai la porte derrière elle, puis se mit à observer autour d'elle avec sur le visage une sorte de sourire ou de demi-rire d'étonnement.

— C'est assez dépouillé, dit-elle.

— Oui, répondis-je.

— Mais on ne peut pas vivre comme ça.

— Pourquoi pas ?

— On ne peut pas, c'est tout.

Je crois que le relatif dénuement de mon mode de vie l'avait surprise. Nulle peinture n'égayait les murs, ni aucune espèce de décoration, et sans doute fut-elle déconcertée par l'aspect sommaire de l'ensemble. Je fis remarquer qu'il y avait un pot de café frais sur le poêle, cherchant à démontrer que tout n'était pas aussi « ascétique », mais elle ne fit malheureusement qu'en rire à nouveau et hocha la tête.

— M'est avis qu'une reprise en main s'impose.

Au volume des bagages qu'elle avait apportés, je me rendis compte qu'elle avait l'intention de rester un bon moment dans les parages. Il y avait là une pleine malle de vêtements, une valisette de produits de toilette, sans parler de la coiffeuse et du miroir. Heureusement, ce n'était pas la place qui manquait, plus qu'il ne m'était nécessaire, et je lui proposai de s'installer à l'étage.

À tous les coups vous avez pensé que ma maison en fer-blanc ne comportait qu'une seule pièce, avec une couchette dans un coin et un seau dans l'autre. Mais, en réalité, rien ne pourrait être plus éloigné de la vérité. Celui qui l'a bâtie aspirait à autre chose qu'une simple cabane où passer l'hiver. Il a voulu un étage et un escalier, un toit pentu avec des gouttières et des tuyaux de descente pour l'eau de pluie. Il l'a orientée ouest-sud-ouest, face au vent, capable de résister à n'importe quelle tempête. C'est une vraie maison, je vous dis, pas une de ces baraques délabrées que l'on peut trouver en bord de mer, où l'on dort l'après-midi après avoir pêché le matin. Non, aucun risque de me trouver dans un endroit pareil. Mieux vaut quelque chose qui tient debout quelques années, et c'est pourquoi j'avais choisi un édifice grand et robuste, avec un étage.

Je pensais vraiment que la femme serait heureuse d'avoir un peu de place à elle, mais quand elle vit l'escalier elle déclara aussitôt :

— Il est très raide, non ?

Évidemment, qu'il était raide ! Qu'est-ce qu'elle s'attendait à trouver dans une maison en fer-blanc à un étage ? D'accord, il a fallu se bagarrer pour hisser la malle et le reste, mais, à son manège, on aurait cru que c'était fait exprès.

C'est ça que je ne comprenais pas chez elle. Elle avait fait un bon bout de chemin pour me rendre visite, même si nous ne nous étions rencontrés qu'une fois ou deux peut-être, et à peine arrivée elle commençait à critiquer. Au cours de la matinée suivante, j'en suis venu à penser qu'elle n'aimait pas du tout mon aménagement intérieur. J'avais passé toute la nuit à sentir sa présence au-dessus de moi. Elle avait semblait-il du mal à trouver ses marques, et il s'avéra que c'était le vent qui l'avait empêchée de dormir. Je ne l'ai pas questionnée directement sur son insomnie, bien entendu, cela lui aurait indiqué que j'avais entendu le moindre de ses mouvements. Quand elle descendit l'escalier, cependant, d'emblée elle commença par se plaindre du bruit que faisait le vent. Voici une différence manifeste entre nous deux. J'avais toujours été stupéfait que les gens puissent élever des objections contre le fait d'être ébloui par le soleil, trempé par la pluie ou, comme dans le cas présent, tenu éveillé par le vent. Un des principaux attraits d'habiter une maison en fer-blanc, c'est justement d'écouter ce bruit-là ! Avant la venue de cette femme, j'avais passé des heures à ne pas faire grand-chose d'autre, de jour comme de nuit. Comme je l'ai déjà dit, le vent ne parvenait jamais à trouver une ouverture par où se faufiler. Néanmoins, sans discontinuer, il fouillait en geignant sous les rebords des tôles, produisant une mélodie infiniment variée. Parfois il apportait avec lui la pluie, d'autres fois une tempête de sable qui crépitait sur le toit et ajoutait au vacarme général.

Je les trouvais rassurantes, ces harmonies fortuites, et même confortables, mais je crains que ma nouvelle invitée ne les ait pas entendues de la même oreille.

— Quel boucan ! dit-elle en ouvrant la porte et en regardant à l'extérieur.

Puis, à ma grande surprise, elle s'exclama :

— Oh, c'est mignon !

Apparemment, elle s'était prise d'une vive affection pour ma façon d'étendre la lessive sur le fil. Je voyais mal pour ma part ce qu'il y avait là de si remarquable. Après tout, les habits allaient être secs en un clin d'œil avec ce vent, ça tombait sous le sens d'en profiter. De plus, ça faisait quelques heures que j'étais debout et actif, attendant qu'elle émerge, et je m'étais dit que je pourrais tout aussi bien m'occuper du linge. Le résultat de cette corvée ordinaire avait eu un effet saisissant. Le vent qui l'avait tenue éveillée toute la nuit semblait lui être totalement sorti de l'esprit et le moindre objet sur lequel elle posait les yeux lui paraissait maintenant « mignon ». Elle admira même la pelle suspendue à un crochet au dos de la porte ! Peut-être était-ce le soleil matinal qui éclairait les choses différemment, mais quelle qu'en fût la raison, je dois avouer que je me réjouissais de ce changement de ton. Je refermai la porte sans qu'elle le remarque (pour empêcher le sable de s'infiltrer à l'intérieur) et nous passâmes une matinée agréable à défaire soigneusement sa malle. Maintenant que le cafouillage du début était dépassé, j'étais très content de sa venue. De plus, elle commençait à s'y faire. Je finis plus tard par comprendre qu'elle pouvait apprécier ma compagnie en même temps qu'elle me critiquait, mais durant ces premiers jours, je ne savais pas exactement comment les choses allaient tourner.

Prenons le cas du miroir, par exemple. Celui qu'elle avait apporté était un grand modèle, et il attendait toujours d'être monté à l'étage. J'avais d'abord mis ce travail de côté, puis, alors que je l'avais à moitié hissé, elle déclara tout à trac qu'il valait peut-être mieux le laisser là où il était.

— Ne t'en fais pas, répondis-je. Ce n'est pas trop lourd.

— Donc tu le montes, c'est ça ?

— Oui. C'est aussi bien.

Lorsque je fus enfin parvenu en haut des marches, elle me rejoignit.

— Il y a des traces dessus, maintenant. Regarde, dit-elle.

— Je n'ai pas pu faire autrement.

— Ce n'était pas la peine de le monter. J'aurais préféré qu'il reste à côté de la porte. La lumière est plus naturelle.

— Alors pourquoi tu ne l'as pas dit ?

— Mais je l'ai dit ! explosa-t-elle. Merci bien ! Maintenant il y a des traces dessus !

Je lui proposai de redescendre le miroir, mais elle me dit de laisser tomber, ce que je fis, et trois ou quatre jours passèrent sans qu'elle en reparlât. La seconde fois, elle me montra l'endroit exact où elle le voulait, au lieu de suggestions telles que « il vaudrait mieux » ou « je préférerais ». Je me pliai de bonne grâce au déménagement du miroir, en prenant bien soin de ne pas laisser de nouvelles traces. De cette façon nous avons instauré des relations paisibles entre nous, et la plupart du temps nous nous entendions très bien.

Tout de même, je ne parvenais pas à deviner ce qu'elle était venue au juste faire ici. C'est-à-dire qu'il n'y avait rien d'intéressant pour elle dans ma maison en fer-blanc. Elle était tout à fait la bienvenue et pouvait rester le temps qu'elle souhaitait, bien sûr, mais j'aurais pensé qu'elle aurait préféré s'installer dans un endroit peuplé plutôt qu'ici, au milieu de quelques individus éparpillés dans une plaine sauvage et balayée par les vents.

Toutes les nuits je l'entendais tourner sans cesse à l'étage, gênée par ces mêmes éléments qui depuis des années avaient été pour moi une berceuse. L'embêtant, c'était que maintenant je ne dormais pas non plus. Chaque fois que l'édifice grinçait et gémissait sous les assauts du vent d'automne, j'avais un sursaut de culpabilité, comme si c'était ma faute à moi si le sommeil la fuyait. Pourtant, je faisais de mon mieux. Je me levais tôt chaque matin, je déblayais avec la pelle les tas de sable rouge qui s'amoncelaient sur le côté de la maison exposé au vent. Au moins cela lui éviterait d'être coincée à l'intérieur si elle décidait de s'en aller. À mesure que le temps continuait de se dégrader, cependant, la probabilité devenait de plus en plus faible. Après avoir investi l'étage, elle avait tenté des incursions aux alentours du poêle. Tous les occupants de maisons en fer-blanc vous diront que, muni d'une bonne provision de charbon, on considère toujours le poêle comme la salle des machines. Le feu nécessaire à la cuisine, à la lessive et au maintien de la chaleur en général en fait le centre naturel des opérations, et cette femme l'avait très rapidement saisi. En l'espace d'une semaine, le siège à côté du poêle était devenu le sien, qu'elle l'occupe ou pas. Inutile de dire que j'avais la permission de m'y asseoir de temps à autre, seulement dans le sens où je le lui empruntais. Ça m'allait, car j'étais la plupart du temps occupé à des tâches qui exigeaient que je sois debout. J'avais décidé d'inspecter l'extérieur de la maison pour m'assurer qu'aucun des grincements et gémissements n'était dû à une faiblesse de l'édifice.

Je suis heureux de dire qu'il n'en était rien, et que les bruits que nous entendions la nuit provenaient essentiellement de contractions et de dilatations.

Le miroir, pendant ce temps, avait subi une période d'essai à côté de la porte, emplacement qu'elle avait proposé. Il avait donné satisfaction, et un après-midi, je le fixai de façon permanente, ce qui sembla lui plaire. Les rares journées où le temps était clément et apaisé, elle examinait son reflet en pied dans la lumière naturelle. Je dois avouer que j'étais assez impressionné par les efforts qu'elle déployait pour soigner son apparence, si l'on considère qu'il n'y avait personne, hormis moi. Elle surprenait de temps en temps mon regard alors qu'elle ajustait sa ceinture ou un ourlet, et elle me lançait alors un très gentil sourire.

La malle de l'étage semblait receler une masse inépuisable d'habits, qu'elle ne se lassait pas d'essayer en combinaisons variées. Ce qui contrastait radicalement avec ma propre garde-robe. Je possédais deux jeux de vêtements et j'en changeais quand l'un était sale, voilà tout. Par bonheur, elle ne fit jamais aucune réflexion sur mes goûts vestimentaires. À bien des égards, elle me laissait mener ma vie comme avant son arrivée, sans ingérence. Ce qui était assez logique, quand on y pense. Elle n'était qu'une invitée, ni plus ni moins, et son influence ne pouvait s'étendre au-delà d'une certaine limite. Je me rendais même compte que ses crises d'acrimonie se faisaient de plus en plus rares. Nous passions notre temps parfaitement conscients de notre présence mutuelle et faisions tous les efforts pour éviter autant que possible les frictions.

Et puis un jour, de but en blanc, elle me posa une question :

— Alors, qu'est devenu ton grand projet ?

— Quel grand projet ? répondis-je.

— Tu m'avais dit que tu voulais vivre dans un cañon.

— Ah oui, ça ! Eh bien, ça n'a jamais abouti.

— Et pourquoi ça n'a jamais abouti ? demanda-t-elle. Tu avais de tels espoirs et de telles aspirations ! Tu m'as tout raconté à leur sujet. Un jour, m'as-tu dit, tu allais entreprendre un voyage dont l'apogée serait la découverte d'un cañon, large et profond, taillé dans la terre la plus rouge qui soit. Puis, après l'avoir exploré d'un bout à l'autre et avoir trouvé l'emplacement idéal, tu allais bâtir une maison entièrement en fer-blanc.

Elle faisait apparemment référence à une conversation tenue lors de notre dernière rencontre. Je ne m'en souvenais pas du tout, mais elle put restituer mes propos presque mot pour mot. En réalité, elle semblait en savoir long sur moi, mes goûts, mes centres d'intérêt et même mes projets d'avenir. Je commençais à m'interroger sérieusement sur la masse d'informations qu'elle avait pu glaner au cours de cet unique échange. Pour ma part, je ne connaissais d'elle que son nom.

3

Alors qu'elle me rappelait mon projet dans le moindre détail, je m'interrogeais sur les raisons qui m'avaient conduit à l'abandonner aussi facilement. Qu'est-ce qui avait bien pu m'en détourner et m'orienter sur un chemin aussi éloigné ? La réponse, je m'en rendis rapidement compte, tient au fait que je suis tombé sur mon domicile actuel. Au premier coup d'œil, je me suis laissé séduire par son charme et sa robustesse, par le poêle et sa chaleur, par les volets que l'on pouvait fermer pour se protéger des intempéries. Certes, il s'agissait d'une très bonne maison en fer-blanc, mais au lieu d'être dans un cañon, elle était située au fin fond de la plaine !

J'ouvris la porte et contemplai la vaste étendue en me demandant s'il était trop tard pour reprendre ma quête. C'était l'après-midi d'une triste journée d'hiver, et une féroce rafale de vent me rappela les épreuves qu'une telle vie exigeait. Je retournai vite à la chaleur.

— Il n'existe probablement même pas de cañon, dis-je en guise d'explication.

— Tu as cherché jusqu'où ?

— Très loin.

— Et tu n'as rien trouvé ?

— Non.

— Eh bien, j'imagine que cela n'a pas beaucoup d'importance, observa-t-elle. Tant que tu as un toit sur la tête.

Peut-être bien, mais j'étais curieux de savoir pourquoi elle avait abordé ce sujet. À aucun moment elle n'avait mis en doute mon souhait de vivre dans un cañon, et elle avait l'air de ne s'intéresser qu'à mon échec flagrant. J'ai d'abord supposé que c'était seulement un reproche à ajouter à la liste habituelle. Mais au bout d'un moment, je commençai à soupçonner que c'était plus que ça. Il ne fut plus question de mes projets avortés, et elle n'y fit aucune autre allusion les jours qui suivirent. Au contraire, elle avait adopté une stratégie de mutisme, ce qui ne m'empêchait pas de penser qu'elle attendait de moi que j'agisse. À plusieurs reprises je sentis son regard sur moi pendant que j'accomplissais mes tâches ménagères. Lorsque je montai à l'étage des oreillers supplémentaires, par exemple, elle s'assit sur le lit et me considéra pendant que je m'efforçais de les enfiler dans leurs taies. Elle ne prononça pas le moindre mot, mais en revanche son regard semblait dire : « Tu es en train de perdre ton temps. Il y a des choses bien plus importantes dont il faut s'occuper. »

Cet état de fait peu satisfaisant se prolongea quasiment une semaine, et je finis par ne plus pouvoir le supporter.

— Bien, dis-je par un matin froid et lumineux. Je sors.

— Où ça ? demanda-t-elle.

— Chercher un cañon pour y vivre. Je serai peut-être absent un moment.

— Mais je ne veux pas rester ici toute seule ! protesta-t-elle.

— Ah bon ?

— Bien sûr que non !

— Très bien, dis-je. Je m'en occupe d'abord.

J'enfilai mes bottes et sortis pour me rendre chez un voisin du nom de Simon Painter. Il habitait à quelque trois kilomètres à l'ouest dans une maison en fer-blanc de conception identique à la mienne. Ce Simon Painter était arrivé dans les parages à peu près en même temps que moi, et je suppose qu'on pourrait le qualifier d'ami. Pour dire vrai, « mi-ami, mi-boulet » serait un bien meilleur qualificatif. L'ennui avec Simon, c'est qu'il essayait à toute force d'être sociable et qu'il débarquait souvent à n'importe quelle heure de la journée pour de prétendues visites-surprises, qui impliquaient généralement l'échange de cadeaux inutiles. Ces apparitions étaient sympathiques tant qu'elles ne duraient pas, mais il avait malheureusement tendance à s'incruster et il fallait souvent lui montrer la porte. À petites doses, cependant, il était d'agréable compagnie, c'est pourquoi je savais que je pouvais compter sur lui pour ce que j'avais à l'esprit.

Il me faut signaler que Simon Painter n'était pas mon unique voisin, mais de loin le plus proche. Au-delà habitaient Steve Treacle et Philip Sibling, et, éparpillés dans les environs, deux ou trois autres que je n'avais jamais rencontrés, tous séparés de plusieurs kilomètres. La seule chose que nous avions en commun était d'habiter seuls dans des maisons en fer-blanc. Nous nous voyions rarement parce que c'était mieux ainsi. Enfin, c'est comme ça que j'envisageais les choses.

La dernière fois que j'avais posé les yeux sur Simon, c'était quand il était venu m'annoncer qu'il envisageait de hisser un ballon au-dessus de sa maison. Il désirait savoir si j'avais une objection. Je n'en avais évidemment pas, et je me rendis compte qu'il s'agissait d'une excuse pour rendre visite à quelqu'un. Je ne doutai pas un instant qu'il soit aussi allé chez les autres sous le même prétexte. L'idée du ballon, apparemment, c'était pour que sa maison soit plus aisément identifiable. Je savais pertinemment qu'elle était déjà équipée d'un drapeau et d'une cloche qui sonnait chaque fois que le vent se levait. L'ajout qu'il prévoyait confirma l'opinion que je m'étais faite quelque temps auparavant, à savoir que Simon Painter essayait d'attirer l'attention sur lui. Je ne parvenais pas à comprendre pourquoi il avait choisi de vivre dans un lieu aussi reculé, parce qu'il semblait passer ses journées à rechercher de la compagnie. J'ai perdu le compte des nombreuses fois (quand le vent soufflait dans la bonne direction) où j'ai entendu sa cloche retentir tristement au milieu de la nuit. Si moi je la percevais à une telle distance, elle devait le tenir totalement éveillé, ce qui me paraissait cher payer.

Bien entendu, il n'était pas question de remettre en cause la présence de Simon dans cette plaine hostile et désertique. Il assurait sans cesse qu'il avait trouvé l'endroit qui lui convenait, et se serait offusqué qu'on prétende le contraire. Mais je n'étais pas entièrement convaincu.

En arrivant à proximité de son domicile, la première chose que je vis fut le ballon ancré au-dessus. Assez grand pour supporter le poids de deux ou trois personnes, au jugé, le ballon se balançait négligemment au bout d'une longue corde. Puis je vis le drapeau aux couleurs éclatantes, combinaison d'orange et de violet, claquer au sommet de sa hampe, et indiquant que Simon Painter était chez lui.

En m'approchant plus près de sa maison en ferblanc, je trouvai étrange de penser que je n'étais pas le seul à habiter une demeure de ce type. J'avais ces derniers temps passé tellement de temps chez moi ou à proximité que j'en étais venu à croire que j'étais unique, qu'il n'existait personne d'autre au monde dont l'existence fût aussi intéressante. La visite à Simon Painter me rappelait que nous étions quelques-uns, en réalité. Les murs et le toit luisaient d'un éclat terne dans le soleil du matin, et pendant un instant je restai béat à contempler une telle perfection.

Le son de la cloche de Simon interrompit ma rêverie. La brise se levait, mais je remarquai que les volets de la maison étaient tous grands ouverts, ce qui devait provoquer un courant d'air. Puis j'entendis un cri joyeux à l'intérieur. Il serait donc inutile de frapper.

— Ah, bonjour ! dit-il en ouvrant la porte. Entre ! Entre ! Quelle bonne surprise !

Je savais pertinemment que, derrière ses volets, il m'avait observé dès l'instant où j'étais apparu au loin, mais je ne relevai pas car je n'avais aucune envie de le contredire. Il tint la porte ouverte d'une main et me tendit l'autre que je serrai. Ce faisant, je me rappelai une caractéristique de sa maison, que je n'avais jamais bien comprise. Pour une raison ou pour une autre, sa porte ouvrait vers l'extérieur, ce qui me paraissait une disposition malcommode. Cela signifiait qu'il devait sortir pour la fermer quand elle était arrimée au crochet extérieur, ou alors elle risquait de claquer si elle ne l'était pas. Mieux valait, c'est sûr, que la porte s'ouvre dans la maison. On pouvait ainsi la manipuler facilement et contrôler au mieux le flux d'air. L'insistance de Simon à posséder une porte ouvrant vers l'extérieur ne faisait que renforcer mon opinion selon laquelle il souhaitait seulement être différent des autres. Cependant, et il faut lui rendre cette justice, c'était un hôte particulièrement accueillant. À peine étions-nous entrés que je me retrouvai assis à table avec une tasse de thé devant moi.

— Parfait, parfait ! répétait-il. Content de te voir ! Content de te voir !

Comme cadeau, j'avais apporté à Simon un ensemble de carillons à vent, que je lui offris alors cérémonieusement.

— Tu pourras les installer à côté de la cloche, lui suggérai-je. Pour lui tenir compagnie.

— Merci, répondit-il. Oui, excellente idée.

— À propos, repris-je, sais-tu que j'ai quelqu'un chez moi ?

— Dans ta maison en fer-blanc ?

— Oui, répondis-je. Bien entendu.

— Désolé de t'avoir posé la question, mais... Nous avons tellement peu de visiteurs par ici... Et... donc... Qui c'est ?

— Une femme que je connais.

— Une femme ?

Il bondit instantanément sur ses pieds, se dirigea vers l'ouverture la plus proche et regarda dehors.

— Elle est là-bas en ce moment ?

— Oui, dis-je. Mais tu ne pourras pas la voir d'ici.

— Eh bien, il faut que tu me l'amènes !

— Pourquoi ne pas venir chez moi, plutôt ? Tu lui tiendras compagnie.

— D'accord. Je veux bien. Oui.

Il fit son sac en quelques minutes. Puis il ferma le poêle pour qu'il s'éteigne tout seul, boucla tous les volets et amena son drapeau. Peu après, nous étions en chemin vers chez moi. Il ne prononça pas une parole pendant presque tout le voyage, ce qui ne lui ressemblait pas, mais il rompit le silence alors que nous approchions.

— Au fait, demanda-t-il, comment s'appelle ton invitée ?

— Mary Petrie, dis-je. Tu la connais ?

— Non, non, répondit-il. Je ne connais aucune femme.

Alors que nous franchissions la porte, je me suis souvenu que je n'avais pas dit que j'allais revenir avec quelqu'un. Elle était en haut des marches, le regard baissé vers nous.

— Voici Simon Painter, expliquai-je. La personne que je suis parti voir ce matin.

— Il a un sac de voyage, rétorqua-t-elle.

— Oui, il va rester ici un moment.

— Très heureux de vous rencontrer, dit Simon.

— Très heureuse, répondit-elle sans le regarder.

À cet instant, Simon fit preuve d'un sens de la diplomatie que je ne lui soupçonnais pas, et il se retira dehors.

— Oh, quel paysage merveilleux ! l'entendîmes-nous s'écrier. Absolument merveilleux !

Je gravis la moitié de l'escalier vers Mary Petrie.

— Qu'est-ce qu'il fout là ? demanda-t-elle.

— Il est venu te tenir compagnie.

— Pour quoi faire ?

— Tu as dit que tu ne voulais pas rester ici toute seule.

— Ce n'est pas ce que je voulais dire.

— Ah bon ?

— Bien sûr que non.

— Qu'est-ce que tu voulais dire, alors ?

Elle me fixa un long moment. L'expression de son visage resta inchangée, mais je finis par comprendre.

4

Je vais vous dire, je fus en haut des marches en deux enjambées ! Pendant la trentaine de secondes qui suivit, j'oubliai les plaisirs sublimes et ésotériques de la vie dans une maison en fer-blanc ! Oublié, le vent qui soufflait sur la plaine nuit et jour. Et oublié, Simon Painter, attendant devant la porte à une distance respectueuse.

Mary Petrie, cependant, ne l'avait pas oublié.

— Ça suffit pour l'instant, me murmura-t-elle à l'oreille. Attends qu'il s'en aille.

— D'accord. Je vais me débarrasser de lui.

C'était plus facile à dire qu'à faire. Quand je descendis les marches et découvris Simon planté là avec son sac de voyage, je pris conscience qu'il allait m'être impossible de le congédier comme ça.

— Tout va bien ? demanda-t-il.

— Oui, répondis-je. Très bien.

— Je ne dérange pas, alors ?

— Non, bien sûr que non.

— Merci, dit-il en souriant. La maison a belle allure.

— Oui, je fais en sorte qu'elle soit impeccable. (Je posai la main sur le mur de fer-blanc et remarquai à quel point il était froid.) Si tu entrais ?

Lorsque nous apparûmes, Mary Petrie se tenait toujours en haut de l'escalier, les yeux baissés vers nous. Je fis asseoir Simon à la table et la rejoignis rapidement.

— Il faut qu'il reste un moment, dis-je à voix basse. Il est venu exprès.

— Comme tu veux, répondit-elle. J'ai tout mon temps.

Elle n'avait jamais eu tant de douceur dans la voix. Elle descendit pour accueillir notre invité dans les formes, et il se leva à son approche.

— Alors vous êtes Simon Painter, dit-elle. Je suis contente de mettre un visage sur un nom.

En réalité, je ne l'avais jamais évoqué auparavant, mais il parut tellement ravi de cette remarque que je me tus. Elle déploya pour lui tous ses charmes les heures suivantes, et fit en sorte qu'il se sente complètement chez lui. Cela dit, je continuais de me demander combien de temps il comptait rester. En vérité, je n'avais qu'une seule chose en tête à ce moment-là, qui ne concernait en rien Simon Painter. Je me demandais aussi pourquoi elle avait mis si longtemps à révéler ses sentiments. Penser qu'elle était ici depuis si longtemps et que je ne me doutais de rien !

Quelques mots auraient suffi pour que je comprenne, mais elle avait au contraire tout gardé pour elle. En cet instant, à la voir faire la conversation avec Simon avec un tel entrain, elle ne paraissait pas particulièrement pressée qu'il débarrasse le plancher. Les événements de l'après-midi étaient riches de promesses, mais on aurait dit qu'elle prenait plaisir à en différer l'issue. De temps à autre, elle me lançait un regard pétillant et me souriait. Mais, généralement, son attention était accaparée par Simon.

Quant à lui, il savourait chaque instant. Il discourait sans interruption sur la chance formidable qui nous réunissait ainsi, le plaisir de notre amitié, avec le poêle qui nous tenait chaud. Il apparut que pendant les quelques minutes qu'il avait prises pour faire son bagage, il avait trouvé le moyen d'y inclure un cadeau. C'était une photo encadrée de sa maison en fer-blanc, que Mary Petrie accepta de bonne grâce et alla placer sur l'étagère.

— C'est très aimable à vous, dit-elle.

— Je vous en prie, répondit-il. C'est la coutume par chez nous de venir avec des cadeaux.

C'était bien la première fois que j'entendais parler de ça ! J'avais apporté un cadeau à Simon le matin parce que je savais qu'il en attendait un, et non pour une quelconque autre raison. Il avait une façon de parler de « coutume par chez nous » qui suggérait que tous les habitants de la région appartenaient à une sorte de grande et joyeuse famille. La réalité, bien sûr, était toute différente. Autant que je sache, chacun pouvait rester sans voir quiconque pendant un mois, parce que tout le monde tenait à son indépendance. Qu'on puisse me prendre pour un de ces gugusses vivant dans une maison en fer-blanc, et qui se pointent en apportant des cadeaux, cette idée me mettait mal à l'aise. Un simple coup d'œil à Simon m'apprit qu'il était convaincu de ce qu'il disait.

La photo en elle-même ne présentait pas le moindre intérêt, évidemment. Qui aurait envie d'une vue de la maison d'un autre, je vous le demande ? Il n'y avait pour ainsi dire pas de différence entre la résidence de Simon et la mienne, mais la photo resta néanmoins sur l'étagère toute la durée de son séjour.

Il resta quasiment une semaine. Mary Petrie le mit tellement à l'aise qu'il lui aurait été difficile de partir avant. Au terme de la première soirée, elle nous fit à tous deux un grand sourire avant de nous saluer et de monter l'escalier. Au bout de quelques heures, je me rendis compte qu'elle ne s'agitait plus nerveusement au-dessus de ma tête. À la place, j'étais empêché de dormir par Simon qui parlait dans son sommeil. Les murs de tôle grinçaient et gémissaient tout en nous protégeant du vent qui forcissait régulièrement. Encore quelques jours et je serais seul avec Mary Petrie. Pour l'instant, cependant, ma maison en fer-blanc comptait trois résidents.

Le lendemain matin, je dormis tard. Quand finalement je repris conscience, la première chose que j'entendis, ce fut les pas de Simon quelque part sur le toit. Mary Petrie s'était levée avant moi et entretenait le poêle.

— Comment se fait-il que tu sois debout si tôt ?

— Je me suis dit que j'allais vous faire du café.

— Merci, dis-je. Qu'est-ce qu'il fait là-haut ?

— Il cherche un endroit où installer un drapeau.

— Je ne veux pas d'un drapeau !

— Il semble croire que si.

— Eh bien, non !

Je me levai et sortis au moment où Simon finissait de dégringoler du toit.

— J'espère que tu ne l'as pas abîmé, dis-je. Ce toit n'est pas conçu pour qu'on grimpe dessus.

— Non, non, j'ai fait bien attention, répondit-il. Sais-tu que ma maison est visible de là-haut ?

— Le ballon ou la maison elle-même ?

— Les deux.

— Non, je ne le savais pas.

Voici le genre de nouvelle que j'aurais préféré ne pas avoir entendue. Pour autant que je sache, la maison de Simon et celles de mes autres voisins étaient situées quelque part derrière la ligne d'horizon. Je trouvais assez déroutant de songer que nous pouvions malgré tout avoir vue les uns sur les autres, même si ce n'était que du toit. Pendant longtemps, j'avais été persuadé d'habiter dans une partie du monde reculée et insolite. Tout à coup, je n'en étais plus aussi sûr.

— Tu peux fixer sans problème un drapeau là-haut si tu veux, déclara Simon.

— Eh bien, merci d'avoir jeté un œil, répondis-je. Mais je n'en veux pas.

— J'ai une hampe de réserve à la maison.

— Non, ce n'est pas la peine.

— Bon, si un jour tu en installes un, n'oublie pas que je possède des tas de drapeaux.

— J'en prends bonne note.

Avant de rentrer, j'avais l'intention de déblayer le sable qui s'était amoncelé le long des murs pendant la nuit. J'aimais bien démarrer ainsi la matinée, ça m'ouvrait l'appétit pour le petit déjeuner, mais après être allé chercher la pelle, je me rendis compte que le travail avait déjà été accompli. Le sable épars avait été dispersé aux extrémités de la maison, là où le vent pourrait aisément le balayer. Cette opération avait été réalisée par Simon.

— Tu devrais installer des brise-vent, dit-il. Tu n'aurais plus de problèmes de sable.

— Ce n'est pas un problème, répondis-je. J'aime plutôt ça, déblayer.

Pendant que je me tenais là, la pelle superflue à la main, je découvris Mary Petrie qui nous regardait par l'encadrement de la porte.

— Et maintenant, qu'est-ce que tu vas bien pouvoir faire pour passer le temps ? demanda-t-elle.

— Tu peux fermer cette porte, je te prie ? lançai-je. Je ne veux pas que le sable pénètre dans la maison.

Elle la poussa délibérément avec lenteur, en me regardant intensément par l'entrebâillement. Mary Petrie, certes, savait mieux que quiconque que les prochains jours promettaient d'être difficiles. De quoi diable allais-je pouvoir m'occuper avant le départ de Simon ? Jusqu'à présent, je n'avais jamais été confronté à pareilles questions. Vivre dans une maison en fer-blanc est une fin en soi, un état d'esprit, et la notion de temps n'y a pas sa place. Inutile de connaître l'heure, par exemple, pour surprendre à la nuit tombée un éclair sec dans la plaine. Ou pour sentir la menace d'un orage. Ces choses-là arrivent indépendamment de l'heure, ce qui expliquait l'absence de pendule dans la maison. Je n'en avais tout bonnement pas besoin. Néanmoins, pendant que je raccompagnais Simon à l'intérieur pour le petit déjeuner, je pris conscience que le temps avait déjà commencé de ralentir.

Le fait qu'il n'avait parlé à personne pendant des semaines avant la veille n'a rien arrangé. Le silence n'était d'évidence pas sa vocation, et à présent il rattrapait son retard. Je n'ai jamais rencontré quelqu'un qui parlait autant ! Il pouvait tenir des heures sans s'interrompre ! Plus grave, il avait l'air de penser qu'une conversation consistait en une question, l'écoute de la réponse, un commentaire personnel, puis une nouvelle question. J'aurais bien aimé pouvoir m'asseoir tranquillement à la table et parler de choses et d'autres comme elles venaient. Mais au moindre blanc, Simon se sentait obligé de rompre le silence.

— Des nouvelles de Steve Treacle ces derniers temps ? commençait-il.

— Non, je n'en ai pas, répondais-je.

— Moi non plus. Je suis allé chez lui il y a environ un mois mais il n'y était pas. En tout cas, personne n'a répondu quand j'ai frappé à la porte. Pas moyen de lui mettre la main dessus ces temps-ci. La dernière fois, c'était lors de mon enquête préliminaire pour le ballon. À propos, toujours pas d'objection ?

— Non, bien sûr que non.

— Parfait. J'ai appris que Steve est devenu très copain avec Philip Sibling.

— Ah bon ?

— Oui. Tu l'as vu ?

— Philip ?

— Oui.

— Non.

— Moi non plus.

Et ainsi de suite. À un moment donné de la conversation, Mary Petrie se levait de table, jetait un coup d'œil à chacun de nous deux et se rendait à l'étage. Je suis certain qu'elle appréciait tout cela à sa manière, parce qu'un léger sourire semblait flotter sur ses lèvres quand elle disparaissait. Son départ gracieux provoquait l'interruption du bavardage de Simon, qui la suivait des yeux tandis qu'elle gravissait les marches. Puis le silence avait raison de lui et il repartait de plus belle.

— Apparemment, quelqu'un habite encore plus loin que Steve et Philip, déclara-t-il un soir. Il s'appelle Michael Hawkins. Tu le connais ?

— Désolé, non, répondis-je.

— Il va falloir qu'un de ces jours j'aille me balader par là-bas pour le rencontrer. Prendre contact, ce genre, pour qu'il ne se sente pas trop coupé du monde. Ça te dirait de m'accompagner ?

— Probablement pas, en fait.

— Oh… euh… d'accord, dit Simon, le bec momentanément cloué.

Ça m'a énervé, qu'il insinue que ce Michael Hawkins était « plus loin » que nous autres. Ce que je veux dire, ce n'est pas comme si nous étions alignés le long d'une sorte de frontière hostile au-delà de laquelle personne ne pourrait vivre. Je ne doutais pas un instant que Michael Hawkins avait choisi de se « couper du monde », pour reprendre l'expression de Simon, et que c'était pourquoi il avait élu domicile dans un tel endroit. Ce qui ne voulait pas dire, bien entendu, qu'il était différent ou plus intéressant qu'un autre. En outre, qui peut prétendre être situé plus loin que les autres ? J'aurais cru que cela dépendait du point de départ, en définitive. Je fus tenté d'entraîner Simon sur le sujet, mais je me rendis compte qu'avec sa façon de penser je perdrais mon temps. À la place, je lui posai une question, pour changer.

— Sais-tu si ce Michael Hawkins habite une maison construite entièrement en fer-blanc ?

— Oui, à ce que j'ai compris.

— Et il est là depuis combien de temps ?

— Pas mal de temps.

— Plus longtemps que moi ?

— Je crois que oui.

— Eh bien, déclarai-je, s'il croit avoir établi une sorte de poste avancé, alors c'est un imbécile.

À ces mots, Simon me lança un regard étonné avant de vite changer de sujet.

Cette nuit-là, je ne dormis pas bien. La tempête faisait rage, et je ne pus me débarrasser d'un rêve embrouillé qui impliquait Mary Petrie, Michael Hawkins et moi, dans lequel lui était dans mon lit et pas elle. Je m'éveillai plusieurs fois en me demandant où elle était passée et ce ne fut pas avant le matin que je me rendis compte qu'elle n'y avait jamais pris place. De plus, celui que je croyais être Michael Hawkins se révéla être Simon, profondément endormi dans le lit d'ami à quelques pas de là. Considérant que je n'avais jamais rencontré Michael Hawkins, je trouvai ce rêve plutôt perturbant. On aurait presque dit que je me retrouvais tout à coup en compétition avec lui, mais pourquoi ça, je ne parvenais pas à le concevoir. Je décidai de ne plus y penser, et, dès les premières lueurs de l'aube, je me levai et sortis pour déblayer le sable de la nuit. Un gros tas s'était formé sur le côté de la maison orienté sous le vent, mais, après une heure de pelletage, je l'avais réduit à des proportions raisonnables. Un vent fort avait succédé à la tempête. Il venait de l'ouest et de temps à autre je percevais dans le lointain le son assourdi de la cloche de Simon. Sur toute l'étendue de la plaine, je pouvais voir le sable rouge en mouvement, se dispersant en fines particules. C'était la période de l'année où la vie était la plus rude, dans ce type d'endroit. Je regardai ma maison en fer-blanc, sachant qu'il se passerait un bon moment avant de la voir à nouveau luire dans le soleil. Le ciel avait viré au gris, et j'étais persuadé qu'on aurait d'autres tempêtes dans les semaines à venir. Mes pensées dérivèrent vers la suggestion de Simon d'installer des brise-vent. Il allait falloir y réfléchir, l'idée n'était pas du tout mauvaise, et je commençai à me demander si je ne devais pas la prendre sérieusement en considération.

Puis la porte s'ouvrit et Mary Petrie apparut.

— Tu fais preuve de beaucoup de patience, dit-elle.

— Oui, je trouve, répondis-je.

— Ce n'est pas que tu aies le choix, remarque.

— Non.

— Et puis, observa-t-elle, tu as l'air tellement heureux dehors avec ta petite pelle.

— Ah oui ?

— Oui, vraiment mignon.

Elle saisit une poignée de sable et le fit glisser entre ses doigts.

— Qui c'est, Michael Hawkins ?

— Comment as-tu entendu parler de lui ?

— Je vous ai entendus discuter de lui hier soir.

— Eh bien, alors tu en sais autant que moi.

— Tu n'es pas curieux de le rencontrer ?

— Pourquoi, je devrais ?

— Ma foi, c'est un voisin, non ?

— Pas vraiment, dis-je. Il habite à des kilomètres d'ici.

Mary Petrie s'approcha et baissa la voix.

— Simon va aller lui rendre visite.

— Ah bon ?

— Oui, il vient de me le dire.

— Quand ça ?

— Aujourd'hui, dit-elle. Il est en train de faire son sac.

— Pourquoi tu ne me l'as pas dit plus tôt ?

Je lâchai immédiatement la pelle et rentrai à la maison. Simon, emmitouflé dans son manteau, était prêt à partir.

— Bonjour, lui dis-je avec mon plus beau sourire. Alors tu t'en vas ?

— Oui, répondit-il. J'ai pensé à ce Michael Hawkins et je crois vraiment qu'il est de mon devoir d'aller le saluer.

— Tu as certainement raison.

— Donc je m'en vais ce matin, si tu n'y vois pas d'inconvénient.

— Pas du tout, dis-je. N'oublie pas de lui apporter un cadeau.

— Oh, merci de me le rappeler. Je vais m'arrêter chez moi et choisir quelque chose de bien.

Il saisit son sac et se dirigea vers la porte.

Puis Mary Petrie dit :

— Il vaudrait mieux que vous preniez le petit déjeuner avant de partir.

5

Je commençais vraiment à penser qu'elle le faisait exprès. C'est vrai, Simon était sur le point de passer la porte, et voilà qu'elle dit ça ! L'instant d'après, il avait ôté son manteau et était installé à table. Et moi, à l'heure qu'il était, j'avais bien sûr une faim de loup, aussi je me retrouvai dans une position très inconfortable. Puis je me dis que le mieux à faire était d'entrer dans son jeu. C'était moi l'hôte, par conséquent c'était à moi de faire la cuisine, mais hors de question de lui préparer quelque chose à elle. Au lieu de quoi je servis à Simon le meilleur petit déjeuner de sa vie.

— Formidable, dit-il quand je le posai devant lui. C'est vraiment gentil.

Mary Petrie, pendant ce temps, s'était retirée à l'étage sans ajouter un mot. Je l'entendais vaquer, fredonnant doucement pour elle-même. Au bruit, elle avait l'air de changer les couvertures du lit. En regardant la cafetière au chaud sur le poêle, en écoutant le sable gifler les murs de fer-blanc, mon intérieur me parut tout à coup chaleureux et confortable. Ce n'était pas du tout un jour à sortir pour rendre visite à quelqu'un que l'on n'a jamais vu auparavant, surtout si l'on n'est même pas attendu, et il m'apparut que Simon serait facilement capable de différer son départ. Il m'avait l'air parfaitement à son aise, assis à cette table.

Au bout d'environ une heure, toutefois, il s'étira et dit :

— Bien, je pense qu'il faut que j'y aille.

— Tu n'en veux pas plus, sûr ? demandai-je.

— Absolument pas, merci, répondit-il en se levant.

Après avoir pris son sac, il piétina gauchement en bas des marches un moment.

— Alors, au revoir, Mary !

— Au revoir, Simon, l'entendit-on répondre. Bon voyage.

La minute d'après, je l'avais salué et j'avais refermé la porte derrière lui. Nous avions enfin l'endroit pour nous.

Je n'entrerai pas dans les détails de ce qui se passa ensuite, mais inutile de dire que mon bannissement de l'étage prit fin séance tenante. Nous vécûmes les trois ou quatre jours suivants calfeutrés dans la maison, sans même prendre la peine de jeter un œil dehors. Voici, me disais-je, un achèvement parfait. Avec Mary Petrie allongée à mes côtés, j'avais tout ce qu'un homme peut demander : un endroit où manger, boire et dormir sans souci, et une gentille femme. Nous étions dans la chaleur douillette d'un paradis de fer-blanc ! Puis, au moment où j'allais m'installer dans un état d'hibernation permanent, la lune de miel prit fin tout à coup.

Cela s'est produit quand je me suis souvenu que je n'étais pas sorti déblayer le sable depuis un bon bout de temps. J'ai descendu les escaliers et ouvert la porte, pour me retrouver face à un énorme tas qui faillit couler à l'intérieur. Je refermai la porte, m'assis, et j'étais en train d'enfiler mes bottes quand Mary Petrie me rejoignit. Elle prit sa place habituelle à côté du poêle.

— Ce serait la maison de Simon Painter, nous aurions des problèmes, déclarai-je. Sa porte ouvre vers l'extérieur et nous aurions été bloqués.

— Pas grave, dit-elle en souriant, nous aurions attendu les secours.

— Mais c'est un sujet sérieux, répliquai-je.

Je saisis le balai et me mis à balayer le sable qui s'était répandu par la porte.

— Arrête tout de suite ! s'écria Mary Petrie.

Je levai la tête et remarquai que son sourire avait disparu.

— Que se passe-t-il ?

— Je ne veux pas que tu fasses ça en ma présence, dit-elle. Le sable s'envole partout.

— C'est pourquoi je balaye, dis-je.

— Pas quand je suis là ! s'exclama-t-elle.

— Quand, alors ?

— Quand je suis sortie ! Tiens, j'irai me promener tout à l'heure. Fais-le pendant ce temps.

— Parfait, mais j'ignorais que tu allais sortir, non ?

— Eh bien, maintenant tu le sais.

Légèrement traumatisé par cette brutale flambée d'hostilité, je sortis pelleter le sable, en prenant soin de bien dégager la porte. J'y consacrai la matinée entière, avant et après le petit déjeuner, travaillant dans un vent qui ne montrait pas de signe de faiblesse. Le temps s'était méchamment rafraîchi, et je me demandai si Mary Petrie était sérieuse quand elle parlait d'une promenade. Mais elle l'était, et à midi elle sortit vêtue d'un gros manteau et s'en fut sans un mot. Je regardai sa silhouette diminuer à mesure qu'elle s'éloignait. Quand elle fut réduite à un point sur l'horizon, elle vira et se mit à suivre un chemin dessinant un grand arc de cercle autour de la maison.

C'était le moment où on m'avait invité à balayer à l'intérieur, et je rentrai rapidement pour m'y mettre. Une fois la tâche accomplie, il n'y avait plus un grain de sable, et l'ensemble reluisait de propreté. Dans l'attente du retour imminent de Mary Petrie, je préparai du café puis me postai à la porte. Tout d'abord, je ne la vis pas, mais quand mes yeux se furent accoutumés à la lumière du jour, je l'aperçus à l'ouest dans le lointain. Je me rendis compte qu'elle accomplissait un cercle complet en gardant la maison en ligne de mire. J'ai pris conscience à ce moment-là que c'était la première fois que j'étais livré à moi-même depuis un bon moment, et je décidai d'en profiter. Je rentrai, fermai la porte et repris mon occupation d'avant, écouter les murs grincer sous les assauts du vent. Quand elle fit son apparition, près d'une heure plus tard, j'étais sur le point de sombrer dans un sommeil paisible.

— J'ai cru entendre une cloche sonner quelque part par là, dit-elle en enlevant son manteau.

— C'est chez Simon Painter, expliquai-je. Pour que les gens sachent où il habite. Tu as fait une bonne balade ?

— Oui, merci. Très revigorante.

— C'est pour ça que tu es sortie ? demandai-je. Pour te revigorer ?

— Pas vraiment, non, répondit-elle.

Je ne découvris pas la véritable raison avant le lendemain. Je m'étais levé assez tôt puis étais sorti pour déblayer à nouveau le sable. Quand Mary Petrie descendit, j'étais en train de prendre mon petit déjeuner.

— Ça a encore soufflé cette nuit, dis-je.

— Oui, répondit-elle. J'ai entendu.

— J'espère que la porte de Simon Painter n'est pas bloquée.

Elle soupira, sans rien dire.

— Il faudrait vraiment qu'elle ouvre vers l'intérieur, repris-je. C'est de loin la meilleure solution.

— Bien, dit-elle en se dirigeant vers son manteau. Je sors.

— Déjà ? demandai-je. Tu viens à peine de te lever.

— Ça m'est égal. Je ne vais pas rester claquemurée avec toi toute la journée.

— Pourquoi ? Qu'est-ce que j'ai fait ?

— Tu n'arrêtes pas avec la maison de Simon.

— Mais pas du tout.

— Si, parfaitement. Tu n'arrêtes pas de critiquer.

— Ma foi, je n'ai évoqué que la porte qui s'ouvre dans le mauvais sens.

— Tu recommences, dit-elle. Ça ne m'intéresse pas.

— Mais il faut t'intéresser. Tu vis toi-même dans une maison en fer-blanc.

— Ça va ! s'écria-t-elle. Je sors ! À plus tard !

À partir de ce moment-là, elle sortit tous les jours, parfois en me disant au revoir, d'autres fois non. Après son départ, je passais un rapide coup de balai dans les coins qui en avaient besoin avant de me poser pour profiter des brefs instants où j'avais l'endroit pour moi.

Dans ces occasions, je m'asseyais et réfléchissais à ce qui m'était arrivé. Voilà qui était particulièrement étonnant. Je suis là, j'habite tout seul dans une maison en fer-blanc, vaquant à mes occupations. Et puis un beau jour débarque une femme, cette Mary Petrie, et plus rien n'est pareil. J'étais maintenant soumis à des règles, par exemple l'endroit où j'avais le droit de m'asseoir, le moment où il fallait que je passe le balai, et il y avait des sujets qu'il m'était interdit d'aborder, ou tout au moins sur lesquels il valait mieux ne pas trop insister. En attendant son retour, je fus frappé par la vitesse à laquelle je m'étais adapté à ma nouvelle situation.

En toute justice, j'imagine que Mary Petrie s'était adaptée également, à sa manière. Elle était la dernière personne que je m'attendais à voir habiter une maison en fer-blanc dans une plaine vaste et déserte, mais je devais avouer qu'elle faisait tout son possible. Ses longues promenades, par exemple, se révélèrent un moment important de ses journées. Elle commençait toujours par prendre comme cap un point au loin, puis elle virait et suivait un chemin circulaire autour de la maison. Elle variait en le prenant dans le sens des aiguilles d'une montre ou l'inverse, mais elle veillait à ne jamais perdre la maison de vue. Le cap semblait choisi au hasard, et chaque fois qu'elle partait, je regardais avec intérêt si elle se dirigeait vers le nord, l'est, l'ouest ou le sud. Parfois, quand je l'observais s'éloigner, je la voyais s'arrêter et examiner apparemment le sol. Dans ces cas-là, elle faisait demi-tour et venait me montrer un caillou qu'elle avait ramassé et dont elle trouvait la forme intéressante. Ou alors une bouteille en verre peu banale. En général, elle revenait de meilleure humeur que lorsqu'elle était partie, mais elle était aussi totalement frigorifiée, et je m'assurais toujours que le poêle ronflait.

La marche n'était pas sa seule façon de s'accommoder à sa nouvelle vie. Un vase fit un beau jour son apparition sur la table, contenant une composition d'herbes sèches qu'elle avait cueillies. Entre-temps, des photos furent accrochées sur les murs du haut, montrant toutes un danseur dans des attitudes différentes.

Elle avait des plans pour les volets, aussi.

— Nous les ouvrirons au printemps, déclara-t-elle un après-midi venteux. Une fois que le sable aura fini de voler partout.

Je savais toutefois que le printemps serait long à venir. Elle n'avait jamais vécu un hiver complet ici, elle ne se rendait pas compte à quel point il pouvait s'éterniser. Il était peu probable que nous ayons beaucoup de pluie ou de neige, j'en étais presque certain, mais il fallait nous attendre à de longues semaines de grand vent. Pour ma part, je ne faisais aucune différence entre l'hiver, le printemps, l'été ou l'automne : toutes les saisons étaient aussi intéressantes les unes que les autres pour quelqu'un ayant l'habitude de résider dans une maison en fer-blanc. D'un autre côté, quand je voyais Mary Petrie se faire secouer par les coups de vent, je me demandais jusqu'où son endurance tiendrait.

Je craignais aussi qu'elle finisse par se lasser. Elle se changeait plusieurs fois par jour et me dit qu'elle avait une tenue adéquate pour tout ce qu'elle entreprenait. En mon for intérieur, toutefois, je la soupçonnais d'essayer de couper la journée en segments plus courts.

Un autre signe d'ennui, c'était quand elle s'amusait à m'asticoter. D'ordinaire, je n'aurais pas relevé, je sais apprécier la plaisanterie autant qu'un autre. Malheureusement, elle choisissait souvent d'évoquer mon projet avorté d'installation dans un cañon. Elle avait l'air d'avoir deviné que c'était là un sujet sensible, mais au lieu de l'éviter, elle le remettait sans cesse sur le tapis.

Par exemple, elle me demanda un jour :

— Dis-moi, le cañon dans lequel tu voudrais vivre…

— Oui, répondis-je, eh bien ?

— Est-ce qu'il y aurait une rivière au fond ?

— Possible.

— Parce que dans ce cas tu aurais besoin d'un canoë, non ?

— C'est probable, oui.

— Mais tu n'as pas de pagaie.

— Non.

— Ce serait la galère, sans pagaie !

Elle fut prise alors d'une crise de fou rire, pendant que j'étais censé rester assis à sourire poliment. Comme je l'ai dit plus haut, je sais goûter la plaisanterie autant qu'un autre, mais je n'appréciais pas vraiment qu'elle mette tout le temps le cañon sur le tapis. Pour éviter que cela se produise, j'essayai de trouver des moyens d'éviter qu'elle s'ennuie, et la solution qui se présenta à moi fut de lui proposer de l'accompagner dans ses promenades. Nous tentâmes l'expérience une fois, pour nous apercevoir que nous ne marchions pas à la même vitesse. J'arrivai à la maison environ une demi-heure avant elle, alors nous prîmes la décision de ne pas recommencer.

— De plus, ajouta-t-elle, la raison de ces promenades, c'est de m'éloigner de toi un moment.

Tôt un matin, je pris conscience qu'on tambourinait doucement. J'étais au lit, à moitié endormi, à écouter le bruit du vent et à me demander quel volume de sable s'était accumulé pendant la nuit. D'abord, je ne remarquai rien, parce que le bruit se fondait presque dans le concert habituel que provoquait la maison.

Presque, mais pas tout à fait.

La différence, avec ce tambourinage, était sa haute qualité rythmique, si différente de celle des assauts légitimement désordonnés des éléments. Comme pour le prouver, une rafale de vent particulièrement violente frappa les murs et acheva de me réveiller. Quand elle fut passée, je m'aperçus d'un changement dans le bruit de tambour. À présent, le rythme s'était soudain accéléré. Puis il s'interrompit d'un coup.

À ce moment-là, Mary Petrie remua un peu, et draps et couvertures bruissèrent. Le temps qu'elle s'immobilise, le bruit avait repris. À première vue, il venait d'en bas. Je me mis à soupçonner une bouilloire ou une casserole vide restée sur le poêle qui se dilatait sous l'effet de la chaleur. Mais si elle était restée là toute la nuit, le fond aurait complètement fondu à l'heure qu'il était, pas vrai ? De toute façon, le son n'était pas assez net pour ça. Il était à la fois plus doux et plus sourd. Je l'écoutai une minute de plus, et pendant ce temps le rythme changea encore deux fois.

Puis Mary Petrie s'éveilla et dit :

— Il pleut ?

— Non, répondis-je.

— Alors qu'est-ce qui tambourine comme ça ?

— Sais pas.

— Pourquoi tu ne vas pas voir ce que c'est ?

— Je pourrais, c'est sûr, mais je suis bien ici.

Quelques secondes s'écoulèrent. Le bruit persistait.

— Vas-y, me poussa-t-elle. C'est peut-être quelque chose de grave.

À contrecœur, je m'extirpai du lit, enfilai quelques vêtements et me dirigeai vers la porte. À mi-chemin, je fus pris d'un doute. N'avais-je pas déjà entendu ce tambourinage quelque part ? Je m'arrêtai et tendis à nouveau l'oreille. Le son était maintenant bien plus énergique, et mes soupçons s'affermirent. Je continuai de descendre l'escalier, avec plus de discrétion. En catimini, je fis glisser les verrous en haut et en bas de la porte. Puis, très doucement, je l'ouvris de cinq centimètres environ. Par l'entrebâillement, je découvris Steve Treacle, accroupi au coin de la maison, tapotant sur le mur avec les jointures de ses doigts. La tâche l'absorbait entièrement, la tête baissée à côté de la main, et il ne me remarqua pas. J'ouvris la porte un peu plus. Quelques pas derrière lui, le col relevé pour se protéger du vent, se tenait Philip Sibling. Il observait le manège de Steve avec une expression de lassitude sur le visage. Je réussis à croiser son regard, et il hocha la tête d'un air résigné. Je mis mon doigt sur mes lèvres. Il acquiesça du menton. Je refermai la porte. Je me dirigeai sur la pointe des pieds à l'endroit du mur correspondant à la position de Steve.

Je lui laissai quelques secondes de tambourinage supplémentaire, puis je frappai fortement le mur avec un marteau.

Un cri strident retentit.

6

Chaussé de mes bottes, je sortis pour accueillir mes invités cérémonieusement. Steve se tenait maintenant à deux mètres de la maison, une expression de surprise sur le visage.

— Ça t'a fait sursauter, n'est-ce pas ?

— Oui, répondit-il.

— Eh bien, pourquoi ne frappes-tu pas à la porte comme tout le monde ?

— J'essayais de te réveiller petit à petit, par paliers.

— Technique testée et confirmée, ajouta Philip.

Ils étaient tous deux vêtus d'un gros manteau identique, mais ils avaient quand même l'air frigorifié.

— J'ai bien envie de ne pas vous proposer d'entrer, remarquai-je. Et n'oubliez pas de vous essuyer les pieds.

— C'est le dernier règlement ? demanda Steve.

— Oui, dis-je. Le régime est entièrement nouveau ici.

Cela faisait un bon moment que je n'avais vu ni Steve ni Philip, c'était agréable de renouer les relations. Cependant, j'étais étonné qu'ils soient arrivés ensemble. Je me souvins que Simon Painter avait évoqué leur amitié nouvelle, mais, à vrai dire, j'avais pensé qu'il prenait ses désirs pour des réalités, puisque ça collait parfaitement avec son idée selon laquelle tout le monde était copain avec tout le monde. Ce à quoi je m'attendais le moins, c'était de recevoir la visite conjointe de deux individus que j'avais toujours considérés comme des solitaires.

De plus, j'avais remarqué que Steve faisait partie de ceux qui, à la longue, mettent la patience de n'importe qui à l'épreuve. Il avait une façon d'agir personnelle en toute occasion, même pour s'annoncer chez moi. Franchement, j'étais très étonné que Philip pût supporter sa compagnie. Et maintenant ils se déplaçaient ensemble comme un couple de vieux potes. Même leurs manteaux étaient identiques.

La raison pour laquelle le tambourinage me paraissait familier était bien sûr que je l'avais déjà entendu chez Steve. Il lui était quasi impossible de rester tranquille, et il n'arrêtait pas de pianoter sur la table ou n'importe quelle surface à proximité. La dernière fois que je lui avais rendu visite, c'était pour récupérer le sucre qu'il m'avait emprunté quelques mois auparavant et qu'il ne m'avait pas rendu. Il avait insisté pour que je reste un peu, et m'avait par conséquent rendu à moitié fou avec son tambourinage permanent.

Quand il s'interrompait, c'était pour s'agiter dans tous les sens afin d'apporter de prétendues améliorations à sa maison. Elle était similaire à la mienne sur bien des points, construite entièrement en fer-blanc, mais pour je ne sais quelle raison il n'en était jamais tout à fait satisfait. Par conséquent, il avait toujours en train un boulot à moitié terminé : des volets dans et hors de leurs gonds, la cheminée haussée ou raccourcie, les escaliers refaits. Lors de ma dernière visite, il se consacrait à l'installation d'une girouette sur le toit, tâche à laquelle je fus quelque peu associé. Je ne sais au juste combien de fois il m'a fallu lui tenir l'échelle pendant qu'il grimpait effectuer des réglages, mais à la fin de la journée il n'était toujours pas content du résultat.

Une autre particularité de Steve qui me revint en mémoire, c'était qu'il avait tendance à laisser la porte ouverte longtemps, ce qui permettait au sable de pénétrer massivement à l'intérieur. Cela ne paraissait pas le moins du monde le gêner et il l'éparpillait partout dans la maison. Je savais que Mary Petrie désapprouverait un tel laisser-aller, et, dès son arrivée, je pris bonne note de le tenir à l'œil.

Philip, quant à lui, était un type bien plus costaud, à qui on pouvait se fier pour garder les portes rigoureusement closes. Les rares fois où je me suis rendu chez lui, tout avait été hermétiquement calfeutré contre le mauvais temps. Je ne l'imaginais pas se disperser sur des projets bâclés comme les affectionnait Steve. Quoi qu'il en soit, tous deux avaient l'air de s'entendre comme larrons en foire, et je ne mis à aucun moment en doute leur amitié.

Pendant qu'ils s'installaient à la table, avec un Steve déjà à pianoter, je me demandai ce qu'ils étaient venus faire ici. Aucun des deux ne me devait quelque chose, ni moi à eux, et, autant que je sache, ce n'était pas dans leurs habitudes de rendre visite juste pour le plaisir de dire bonjour. C'était plus le genre de Simon Painter que le leur. Je ne voyais comme motif à leur venue qu'une faveur qu'ils auraient à me demander. Je décrétai cependant que le mieux à faire était de préparer le petit déjeuner et de laisser les choses suivre leur cours.

— La maison a belle allure, remarqua Philip en observant les lieux.

— Oui, répondis-je. Je fais en sorte qu'elle soit impeccable.

— Hmm hmm, murmura-t-il.

— On fera un nettoyage de printemps dès que le vent sera tombé.

— Hmm.

Ce n'était pas le plus loquace des individus.

— Et comment ça se passe chez toi, ces temps-ci ?

— Comme d'habitude.

— Parle-lui de ta girouette, suggéra Steve.

— Ah, oui, dit Philip. J'ai une nouvelle girouette.

Je crus une seconde qu'il allait s'étendre sur le sujet, mais non, il demeura silencieux. Pendant ce temps, son compère continuait de tambouriner sur la table. Une violente rafale de vent fit gémir la maison tout entière, suite à quoi ils lancèrent tous deux un coup d'œil en haut des marches. Ils se tournèrent ensuite vers moi avec une expression d'attente, et je compris enfin pourquoi ils étaient venus.

— Tout va comme vous voulez ? leur demandai-je en souriant.

— Oui, oui, répondit Steve. Très bien.

— Bon, dis-je. Je lance le petit déjeuner. Faites comme chez vous.

— Merci.

La préparation me prit une vingtaine de minutes, pendant lesquelles des pas légers se firent entendre à l'étage. Je fis cependant celui qui ne s'en apercevait pas.

Quand le repas fut presque prêt, je demandai, l'air de rien :

— L'un d'entre vous aurait-il l'amabilité de dresser la table ?

— J'y vais, dit Steve en bondissant presque sur ses pieds.

Il alla chercher des couverts sur l'égouttoir puis hésita un long moment.

— Je mets la table pour combien de personnes ? finit-il par demander.

— Trois, bien sûr, répondis-je. Pourquoi ?

— Personne ne va se joindre à nous, alors ?

— J'en sais rien.

— Ah… euh, d'accord.

— Mais tu peux mettre un couvert supplémentaire si tu veux, au cas où.

— Bon, très bien.

Il s'affaira autour de la table et elle fut prête en un clin d'œil. Puis je servis le petit déjeuner et nous commençâmes à manger.

— On ne peut pas savoir, fis-je en montrant la place vide du menton. Parfois elle vient, d'autres fois non.

J'avais à peine terminé ma phrase que je remarquai que le regard de mes deux invités s'était tout à coup tourné vers l'escalier, et Mary Petrie ne tarda pas à nous rejoindre.

— Ha, ha ! dis-je. Quelle bonne surprise !

Sans prononcer une parole, elle passa derrière ma chaise et me frappa violemment l'arrière du crâne. Puis, dans le silence de mort qui suivit, elle se versa une tasse de café et remonta à l'étage.

— C'est une amie à toi ? demanda Steve à voix basse.

— Oui, répondis-je sur le même ton. Ça fait quelques mois maintenant qu'elle est là.

— C'est ce qu'on nous a dit.

— Simon Painter ?

— Oui, dit-il. Elle fait ça souvent ?

— Non. C'est la première fois.

— Eh bien moi, je ne pourrais pas supporter ça.

— Ah bon ?

— Certainement pas, non.

— Moi non plus, dit Philip.

Je considérai les deux hommes assis à ma table, ces deux hommes qui avaient l'un et l'autre passé ces dernières années dans la solitude d'une maison en fer-blanc, et je me rendis compte qu'ils connaissaient encore moins les femmes que moi.

— Écoutez, dis-je. Reprenez du café, je vais monter et arranger ça.

— D'accord, répondit Steve. Mais fais attention.

En haut, Mary Petrie était assise sur le lit en train de feuilleter un de ses livres. Ils étaient restés dans sa malle car je n'avais pas encore eu le temps d'installer une étagère.

— Il s'agit de Steve Treacle et de Philip Sibling, dis-je.

— C'est ce que j'ai cru comprendre, répondit-elle sans lever les yeux.

— Tu ne veux pas venir les voir ?

— Et pourquoi donc ?

— Parce qu'ils sont venus spécialement pour te rencontrer.

— Je m'en fiche ! s'écria-t-elle. Je ne suis pas ici pour être exhibée, tu sais !

— Chut ! murmurai-je. Ils vont t'entendre.

— Ne me dis pas chut ! Ils n'auraient pas dû frapper le mur avec un marteau.

— Ils n'y sont pour rien.

— Quoi ?

À cet instant, on entendit s'ouvrir la porte et deux paires de pieds s'éloignèrent avant qu'elle se referme.

— C'est moi qui ai tapé sur le mur, expliquai-je. J'ai donné une leçon à Steve pour nous avoir réveillés.

— Eh bien, tu es aussi idiot qu'eux, alors.

Elle avait légèrement baissé de ton.

— Vas-tu descendre les voir ? tentai-je.

— Non, dit-elle. Je ne suis pas d'humeur.

— Ils vont être très déçus.

— Demande-leur de revenir une autre fois, et qu'ils frappent à la porte comme il faut.

— D'accord.

Je fonçai en bas pour les rattraper, pensant qu'ils avaient pris la mouche et qu'ils étaient partis. Quand je sortis, cependant, Steve était en train de pelleter le sable et Philip l'observait.

— Désolé, dis-je. C'est arrangé, maintenant.

— Hmm hmm, murmura Philip.

— Elle a dit que vous êtes les bienvenus, mais aujourd'hui, ça ne tombe pas très bien, si ça ne vous embête pas.

— Non, non, dit Steve. Ça ira. Je finis juste de déblayer le sable et nous nous en allons.

— Je peux m'occuper du sable moi-même, dis-je. Ne t'embête pas avec ça.

— Pas de problème, répondit-il. Détends-toi, j'en aurai terminé en un rien de temps.

Ils réapparurent tous deux une semaine plus tard, et cette fois-ci ils se présentèrent avec des cadeaux. Arrivant à une heure civilisée au milieu de la matinée, ils frappèrent doucement à la porte et attendirent d'être invités à entrer.

Ce fut grâce aux cadeaux, semblèrent-ils croire, que Mary Petrie les accueillit aimablement, s'informa de leur santé et leur proposa de prendre place à table. Ils ne se doutaient pas que j'avais passé toute cette période à lui mettre dans la tête qu'ils étaient parmi les types les plus épatants que j'aie jamais rencontrés, et que par conséquent il ne fallait pas qu'elle les traite trop sévèrement. Ils n'avaient pas idée des éloges dont je les avais couverts, ni des efforts déployés pour la faire rire avec les récits hilarants de leurs différents exploits. Elle s'était peu à peu prise de sympathie pour eux, par procuration, et quand je lui rappelai qu'ils portaient tous deux le même manteau, elle reconnut qu'ils lui avaient l'air d'être « assez mignons ». Pour tout dire, concéda-t-elle finalement, elle se réjouissait d'avance de les revoir. Les cadeaux, s'ils avaient su le vrai, n'étaient que le sucre glace sur un gâteau que j'avais déjà préparé.

À ma grande consternation, nous reçûmes de Philip une pendule tandis que Steve nous gratifia d'une girouette. Elle était identique à celle du toit de sa propre maison, et il sortit peu après pour voir s'il y avait un endroit qu'il pourrait me conseiller pour son installation. Philip se joignit à lui.

— Je ne veux pas de girouette, dis-je une fois qu'ils furent hors de portée de voix. J'habite ici depuis assez longtemps pour savoir d'où vient le vent sans avoir à regarder. Il souffle ouest-sud-ouest la plupart du temps et ça ne varie presque jamais. À quoi me servira une girouette, avec un vent dominant ?

— Moi, je trouve que c'est très gentil de sa part, répliqua Mary Petrie. Et la pendule de Philip !

— C'est encore pire.

— Pourquoi donc ?

— Tu sais bien que je n'aime pas les pendules.

— Oh, arrête avec ça ! Dis donc, tu m'as demandé d'être gentille avec eux, et je m'y efforce, et maintenant c'est toi qui te montres grossier à propos de leurs cadeaux. Allez, secoue-toi !

— D'accord, mais pourquoi les gens vous font toujours cadeau de choses prétendument utiles alors qu'en fait elles ne le sont pas ?

— Je ne sais pas, répondit-elle. Ce sont tes amis.

À ce moment, nous entendîmes des bruits de pas au-dessus de nous.

— Formidable, dis-je. Ils sont sur le toit, maintenant.

Voici précisément le genre de comportement que j'aurais préféré qu'ils évitent, au moins pour leur première visite officielle. Après la fois précédente, j'aurais pensé qu'ils essaieraient de bien se tenir, et à présent ils trouvaient le moyen d'escalader le toit une demi-heure à peine après leur arrivée ! Je suppose que c'était là le résultat de nombreuses années de vie solitaire. Steve et Philip étaient libres d'agir à peu près à leur guise chez eux, et ils ne pouvaient pas concevoir le type de vie à laquelle j'étais lentement en train de m'habituer. S'ils persévéraient, il se pourrait qu'ils soient moins que bienvenus.

— C'est ce que j'ai remarqué avec tes amis, dit Mary Petrie. On ne sait pas pourquoi, tous, ils adorent monter sur notre toit.

C'était la première fois que je l'entendais qualifier le toit de « notre ».

— Enfin, j'espère qu'ils ne vont pas l'abîmer, observai-je. Ce toit n'est pas conçu pour qu'on marche dessus.

Nous sortîmes et découvrîmes nos deux invités haut perchés et pas particulièrement en sécurité.

— Que faites-vous là-haut ? demandai-je sur le ton le plus aimable dont j'étais capable.

— Simplement une reconnaissance, répondit Steve. Il y a quelques bons points de fixation. Nous essayons de trouver le meilleur.

— Faites attention, d'accord ? cria Mary Petrie.

Je dois avouer qu'elle se donnait du mal pour être aimable. Elle paraissait sincèrement inquiète pendant que les deux intrépides s'aidaient mutuellement à descendre de l'avant-toit, trouvaient des points d'appui sur les volets, puis quand ils se laissèrent enfin tomber à terre.

— Il nous faudrait une échelle pour faire le boulot convenablement, dit Philip. Tu en as une ?

— Non, répondis-je. Malheureusement pas.

— Pourtant tu es déjà monté sur le toit, pas vrai ?

— En fait, pas du tout, non.

— Jamais monté sur le toit ?

Il paraissait très surpris.

— Non.

— Donc tu ne sais pas qu'on voit la maison de Simon Painter de là-haut ?

— Oh, si. Ça, je le sais, il me l'a dit.

— On peut aussi entendre sonner sa cloche, ajouta Mary Petrie.

— Dommage que personne ne l'ait entendu appeler à l'aide, dit Steve. Tu sais qu'il a été bloqué cinq jours par le sable ?

— Ah bon ?

— Oui, et si nous ne l'avions pas secouru, il y serait encore.

— Mince alors, je l'ignorais.

— Pauvre Simon ! dit Mary Petrie. Comme s'il n'avait pas assez de problèmes comme ça.

Je lui jetai un regard en me demandant quels pouvaient être ces autres problèmes. En ce qui me concernait, ce n'était pas : « Pauvre Simon ! », mais : « Je te l'avais bien dit ! »

Je n'avais pas arrêté de répéter que sa porte ne s'ouvrait pas dans le bon sens et qu'il allait se faire enfermer s'il n'y prenait pas garde, mais personne ne m'avait écouté. Même chez moi, on m'empêchait d'aborder le sujet ! À présent, cependant, tout le monde était en train de compatir avec Simon comme si son destin n'avait pas été tout entier entre ses mains.

7

Nous parlions encore de Simon Painter cet après-midi-là quand nous passâmes à table pour le thé. Il apparut au détour de la conversation qu'il avait décidé de baptiser sa maison *Feu du sable*, et qu'à présent une plaque ornait le mur extérieur.

— Pourquoi a-t-il voulu donner un nom à sa maison ? demandai-je.

— À ma connaissance, il n'y a pas de raison particulière, répondit Steve. Je crois qu'il en aime la sonorité, c'est tout.

— Faut reconnaître que c'est joli, dit Mary Petrie.

— En effet, admis-je. Ce qui n'empêche que je ne vois pas l'utilité de donner un nom à sa maison.

— Je crois que c'est à cause de Michael Hawkins, observa Philip.

— Qu'est-ce qu'il vient faire là-dedans, celui-là ?

— Eh bien, apparemment, Simon s'est rendu là-bas à plusieurs reprises maintenant et il est très fortement influencé par Michael.

Aussitôt, je sentis la moutarde me monter au nez.

— Qu'est-ce que tu entends par *là-bas* ? demandai-je.

— C'est que Michael habite plus loin qu'aucun d'entre nous, pas vrai ? dit Philip en haussant les épaules.

— Mais non, pas du tout ! dis-je. Nous vivons tous à l'écart, comparé à la plupart des gens !

Je me rendis compte que je venais de hausser le ton, et que tous les trois m'observaient d'un air étonné. Je fis un effort pour m'exprimer calmement.

— Quoi qu'il en soit, qu'est-ce que c'est que cette histoire d'influence sur Simon ?

— C'est à cause de la façon de vivre de Michael, dit Steve. Il mène un genre d'existence parfaite, très simple, dans une maison construite entièrement en fer-blanc, et il passe son temps à faire des tas de choses intéressantes.

— Comme ?

— Par exemple, le matin, il se lève tôt pour contempler le lever du soleil.

— On peut faire ça ici, dis-je.

— Je sais, répondit Steve. Mais, d'après Simon, c'est *différent*.

— Il songe à déménager, ajouta Philip.

— Quoi ? Pour se rapprocher de ce type, Michael Hawkins ?

— Apparemment, oui.

Je poussai un soupir et hochai la tête avec incrédulité.

— Moi, je trouve ça bien que Simon ait enfin trouvé un objectif, dit Mary Petrie. Il n'y a rien pour lui par ici.

— Et qu'est-ce qui cloche avec *par ici*, exactement ? demandai-je.

— Ce serait peine perdue de te le dire, répliqua-t-elle. Tu n'écoutes pas.

— Je suis d'accord avec Mary, dit Steve. Simon irait beaucoup mieux s'il prenait un nouveau départ. Il a juste besoin d'un petit coup de pouce, c'est tout.

— Quel genre de coup de pouce ?

— Une incitation, tu vois, dit-il. Un pas dans la bonne direction.

J'avais du mal à croire ce que j'entendais. À mes oreilles, tout ce discours à propos d'« influence » et d'« incitation » s'apparentait à une trahison, ni plus ni moins. Qu'était-il arrivé, me demandais-je, aux existences libres que nous menions et aimions il y avait encore si peu ? Est-ce que nous n'étions pas satisfaits de vivre comme nous l'avions choisi, au milieu de cette plaine aride et désertique ? J'avais toujours cru que oui, mais je n'en étais plus si sûr maintenant. Ces derniers temps, semblait-il, la désaffection était apparue parmi nous.

J'étais aussi tracassé par quelque chose que je n'avais fait qu'entrevoir auparavant, à savoir que nous tous commencions à nous mêler de près aux affaires d'un autre. De bien trop près, à mon goût. Alors que nous étions assis tous les quatre à table, je pris tout à coup conscience que nous n'étions plus trois hommes et une femme en train de discuter des hauts faits d'un ami commun. Au lieu de cela, nous formions deux couples analysant ses problèmes. J'observai la pendule, depuis peu vissée au mur au-dessus de nos têtes, et compris que notre avenir en tant qu'individus touchait irrémédiablement à sa fin.

En attendant, il fallait s'occuper de choses plus terre à terre : l'installation de la girouette sur le toit. Une échelle était d'évidence nécessaire pour effectuer le travail correctement, et donc Steve se proposa pour aller chez lui et rapporter la sienne. Il fut convenu que Philip et lui passeraient la nuit avec nous et qu'ensuite il partirait seul tôt dans la matinée.

— Il va falloir que tu dormes en bas cette nuit, me dit Mary Petrie pendant que nous choisissions les draps et les couvertures.

— Pourquoi ça ? demandai-je.

— Eh bien, répondit-elle, qu'est-ce que ces deux-là penseraient de moi si je t'autorisais à sauter dans mon lit ?

— Qu'est-ce qu'ils penseront de *moi*, sinon ? protestai-je.

Mais je savais qu'il n'y aurait pas moyen de discuter. Sa décision était prise, et c'était comme ça. J'allais devoir passer la nuit entre Steve et Philip. D'accord, nous avions des lits séparés, mais quoi qu'il en soit nous étions assez serrés les uns contre les autres pour que l'on nous confonde sans peine avec trois sardines dans leur boîte.

Le lendemain matin, très tôt, je me levai et préparai le café pendant que Steve s'habillait. Puis nous prîmes place près du poêle, en écoutant le vent hurler dehors.

— Il n'a pas l'air de vouloir faiblir, dit-il à voix basse.

— En fait, il ne s'arrête jamais tout à fait, lui rappelai-je. Il se pourrait bien qu'il souffle tout le printemps et tout l'été, si ça se trouve.

— J'espère pas, répondit-il. Philip et moi envisageons de sortir un peu plus cette année.

— Sortir où ça ?

— Eh bien, nous avions dans l'idée de nous balader par-ci par-là, en commençant par une visite à Michael Hawkins.

— Vous aussi ?

— Oui, pourquoi pas ?

— Non, pour rien, dis-je. Faites comme bon vous semble.

— Tu as quelque chose contre Michael Hawkins ?

— Bien sûr que non.

— Tu devrais lui donner une chance avant de le juger.

— Oui, d'accord. Tu as probablement raison.

Peu après, Steve termina son café, enfila son manteau et s'en alla. Je retournai me coucher mais je ne sais pas pourquoi, je fus incapable de me rendormir. Alors que le sable criblait le mur extérieur, je restai dans mon lit à penser à ce qu'il m'avait dit. Peut-être avais-je été injuste envers ce Michael Hawkins. Après tout, je n'avais même jamais rencontré le bonhomme. Alors que l'aube pointait, je pris la résolution d'essayer de l'oublier et de m'occuper de mes propres affaires. Par conséquent, je m'habillai, empoignai la pelle et passai deux heures agréables à déblayer le sable. Puis je rentrai, pris mon petit déjeuner et attendis le retour de Steve.

Il fit son apparition vers midi. Il était un peu trop tôt pour le déjeuner, mais comme il s'était levé avant l'aube, Mary Petrie proposa de lui dégoter quelque chose à manger pendant que Philip et moi installerions la girouette. Ces dispositions étaient excellentes, et tout aurait dû se dérouler comme sur des roulettes si Steve s'était montré moins impétueux. Le problème, c'était qu'il se considérait comme une sorte de spécialiste du montage de girouette, ayant posé lui-même la sienne, ainsi que celle de Philip. Ce qui fait qu'en plein milieu de son déjeuner, il fonça hors de la maison pour nous donner des conseils. Je savais que cela n'enchanterait guère Mary Petrie, mais je ne me sentais pas autorisé à lui ordonner de rentrer. De plus, j'étais pleinement occupé à maintenir l'échelle pour Philip.

— L'axe doit être super vertical ! cria-t-il. Sinon ça ne marchera pas !

— Très bien ! répondit-on du toit. Et si tu rentrais terminer ton repas ?

— Et assurez-vous qu'elle tourne facilement !

— Très bien !

À cet instant, je vis apparaître Mary Petrie dans l'encadrement de la porte, une expression indignée sur le visage. Je me rendis alors compte que Steve avait laissé la porte grande ouverte. Du sable avait déjà commencé à se faufiler dans la maison, et Mary Petrie s'empara du balai et s'employa gauchement à l'évacuer. Du pied de l'échelle où j'étais placé, il me semblait que la journée aurait pu encore bien tourner si Steve était rentré et s'était excusé pour son absence. À la place, il décida de prendre la direction des opérations, saisit le balai des mains de Mary Petrie et s'attaqua au petit amoncellement de sable.

— C'est évident que vous n'avez jamais balayé auparavant, dit-il.

Les yeux de Mary Petrie lancèrent instantanément des éclairs.

— Fichez-moi la paix avec vos « évidence » ! hurla-t-elle. Je ne veux pas que le sable vole partout !

— Il n'y paraîtra plus quand j'aurai déblayé tout ça ! répondit Steve en redoublant d'ardeur, à tel point que le sable s'envola.

— Arrêtez !

— Tiens bon, Philip ! criai-je en délaissant l'échelle et me précipitant vers la porte.

Je pris le balai des mains de Steve au moment où Mary Petrie rentrait et grimpait à l'étage, le visage rouge de colère.

— C'est réussi, chuchotai-je. Pourquoi ne t'es-tu pas contenté de rester à table ?

— Un peu hystérique, non ? répondit-il.

— Ne parle pas si fort !

— Je lui montrais simplement comment on balaye.

— Stop ! lui fis-je d'un ton brusque. Ça suffit !

Je pris Steve par le bras et le fis asseoir à table pour qu'il termine son repas. Puis je retournai dehors pour tenir l'échelle de Philip qui se plaignait bruyamment du haut du toit. Installer convenablement la girouette nous prit encore une demi-heure, pendant laquelle Steve fit une apparition pour nous accorder son approbation solennelle. Puis Philip descendit l'échelle et nous réintégrâmes tous la maison pour nous réchauffer un peu. Pendant ce temps, Mary Petrie resta en haut à ruminer en silence.

Tous les trois, nous nous assîmes à table pour prendre le café, en parlant calmement et la plupart du temps à voix basse. Steve et Philip paraissaient comprendre qu'il leur faudrait partir assez vite pour me permettre d'arranger les choses. De temps en temps, l'un d'entre d'eux levait les yeux vers le plafond et grimaçait comme s'il avait craint qu'un mauvais coup lui tombe dessus. Mais pour dire la vérité, ils n'avaient pas idée de la gravité de la situation.

Finalement, tard dans l'après-midi, ils prirent leur échelle et s'en allèrent. Je les accompagnai quelques centaines de mètres. Peu de mots furent échangés pendant ce court trajet, mais je remarquai que leurs pas devenaient plus légers à mesure qu'ils s'éloignaient de la maison.

— Bon, je vous laisse maintenant, dis-je enfin. À un de ces jours.

— D'accord, répondit Philip. Porte-toi bien.

Je leur serrai la main à tous deux, avec une pression supplémentaire à celle de Steve pour faire bonne mesure. Puis je me dirigeai vers la maison pour affronter la tempête. Tout allait être ma faute, bien entendu, je le savais.

En ouvrant la porte, je découvris Mary Petrie juchée en haut des marches.

— Bien, dit-elle. À partir de maintenant, tous tes amis sont interdits de séjour.

— Tous ?

— Oui.

— Pour combien de temps ?

— Pour toujours.

À ce moment-là, bien sûr, je m'étais résigné à des sanctions, de quelque nature qu'elles fussent. J'acceptai la sévérité du jugement sans rechigner, sachant que tout cela se tasserait d'ici une semaine ou deux. Il était impossible à Mary Petrie d'appliquer le bannissement permanent de mes amis et connaissances, c'était évident, et il me suffisait de courber l'échine jusqu'à ce que les incidents de la journée soient oubliés. De plus, pensai-je, ce ne serait pas plus mal d'éviter toutes ces allées et venues à la maison, devenues endémiques ces derniers temps, et incontrôlables.

En fait, c'était là l'occasion de revenir à la situation antérieure. Avec de grandes démonstrations de pénitence, je nettoyai avec soin tout le sable de la maison, fermai la porte et m'installai confortablement pour quelques instants de relative tranquillité. Je ne m'aventurai pas à l'étage cette nuit-là, mais dès le lendemain, nous avions repris langue librement. En fin d'après-midi, Mary Petrie et moi sortîmes pour admirer la nouvelle girouette, laquelle, elle en convint, avait belle allure. Je ne fis pas de remarque sur son inutilité ni sur le vent qui ne montrait aucun signe de répit. À la place, je jouai la partition à laquelle je commençais à m'habituer, à savoir qu'un homme reste maître chez lui tant qu'il obéit à toutes les règles.

Une semaine s'écoula sans incident. Puis une autre. Puis, un matin, on frappa à la porte. C'était Simon Painter, et il était au bord des larmes.

— Peux-tu venir m'aider ? dit-il. Quelqu'un a mis ma maison en morceaux.

8

Il faisait peine à voir ainsi, dans l'encadrement de la porte, le sac de voyage à la main. Il paraissait fatigué, comme s'il avait marché plusieurs heures, et des traces de sable rouge maculaient ses vêtements.

— Comment ça, « en morceaux » ? demandai-je.

— Elle a été démontée morceau par morceau, répondit-il. Il ne reste plus qu'un tas de tôles, maintenant. Qu'est-ce que je vais faire ?

Il était manifestement très désespéré.

— Désolé, Simon, dis-je. J'aimerais bien t'aider mais je n'ai pas le droit de recevoir mes amis.

— Ne raconte pas n'importe quoi, fit Mary Petrie en me poussant de côté. Rentrez donc vous réchauffer, Simon, nous allons vous servir le petit déjeuner.

— Oh, merci ! C'est vraiment gentil.

— Qu'est-ce que tu ferais, si ça t'arrivait ? siffla-t-elle après qu'il fut entré.

— J'obéis aux ordres, c'est tout, dis-je en haussant les épaules.

Elle l'installa aussitôt à table devant une tasse de café fumant, et dès qu'il eut recouvré ses esprits, il nous raconta ce qui était arrivé.

— Je ne sais pas si vous en avez entendu parler, commença-t-il, mais j'ai séjourné à plusieurs reprises chez Michael Hawkins ces derniers temps.

— Oui, répondit Mary Petrie. On nous l'a dit.

Je compris, au regard qu'elle me jeta, que je n'avais pas droit à la parole.

— Alors voilà, je suis resté là-bas jusque tard la nuit dernière, continua-t-il. Je n'ai pas réussi à m'en arracher avant les petites heures, mais la lune était pleine. Vous avez regardé la lune ?

— Non.

— Elle était magnifique, très brillante, alors j'ai choisi de rentrer chez moi au clair de lune. On fait des choses comme ça chez Michael : se lever tôt, veiller tard, c'est la vie de tous les jours, là-bas.

Il s'interrompit et inspira profondément. Suivit un soupir.

— Quoi qu'il en soit, en approchant, je m'attendais à voir la silhouette de la maison apparaître devant moi, mais il n'y avait rien. C'était l'aube quand je suis arrivé à l'endroit où elle aurait dû être : il ne restait plus qu'une grande pile de tôles, avec le drapeau par terre à côté.

— Et qu'est devenu le ballon ?

— Ils l'ont dégonflé.

Comme il paraissait à nouveau au bord des larmes, Mary Petrie passa un bras autour de ses épaules et dit :

— Voyons, voyons, vous allez rapidement la remonter.

— Je ne sais pas comment faire, gémit-il.

— Eh bien, nous allons vous aider, pas vrai ?

Elle me lança un regard insistant, et je compris que je n'allais pas chômer les jours à venir.

— Oui, bien sûr, dis-je. Prenons un bon petit déjeuner et nous irons voir ce qu'il faut faire.

Pour dire le vrai, lorsque nous fûmes prêts à partir, j'en étais venu à considérer le projet avec beaucoup de plaisir. Le passe-temps allait être fructueux, pensai-je, assembler la maison de quelqu'un et gagner de ce fait sa reconnaissance éternelle. Bien entendu, quand Mary Petrie avait dit que nous allions l'aider, c'est en réalité à moi qu'elle pensait. Pour sa part, elle était parfaitement ignorante en matière d'architecture de fer-blanc et n'aurait été d'aucune utilité. Certes, je n'y connaissais rien non plus, mais je supposais que la chose était assez rudimentaire.

Mary Petrie nous dit au revoir après le petit déjeuner et déclara qu'elle ferait peut-être un tour plus tard pour voir comment nous nous en sortions. En attendant, elle aurait l'endroit pour elle seule, ce qui allait agréablement la changer. J'étais heureux de constater que Simon avait maintenant repris du poil de la bête, et, en approchant de chez lui, nous étions animés d'un certain optimisme.

Lequel s'évanouit au moment où nous découvrîmes l'énormité du chantier. Je m'étais attendu que le positionnement de chaque élément soit évident, mais quand nous nous trouvâmes confrontés à ce gigantesque tas de ferraille, je fus franchement stupéfait. Comment allions-nous pouvoir distinguer le toit des murs, l'arrière de l'avant et ainsi de suite ? Les seules parties aisément identifiables étaient la porte, les volets et la cheminée, qui avait été mise de côté avec soin.

— On a fait preuve de délicatesse, notai-je alors que nous constations l'étendue des dégâts. Le ballon a même été plié.

Il n'y avait à première vue pas trace de malveillance dans le démantèlement de la maison de Simon Painter. Je veux dire par là que celui qui aurait voulu la détruire aurait été mieux inspiré d'utiliser de la dynamite. À la place, on l'avait simplement mise en pièces et empilée. Un tas à part se révéla être constitué de ses affaires personnelles, emballées avec soin pour qu'elles ne s'abîment pas.

— Dis, tu n'as pas fermé ta porte à clé ? lui demandai-je en passant.

— Bien sûr que non, répondit Simon. Ce n'est pas la peine… d'habitude.

Je me rendis compte qu'il était tourneboulé, et je me dis donc que la meilleure chose à faire était de s'y mettre sur-le-champ afin de lui occuper l'esprit.

Mais par où commencer ? C'était comme tenter de réussir un puzzle sans l'illustration du couvercle de la boîte.

— Nous aurions dû prendre la photo que tu m'as offerte, dis-je. Est-ce que tu en as une autre quelque part ?

— Il y en a une sur le mur de la chambre à coucher.

— Au moins c'est un indice, dis-je. Nous allons commencer par là.

Je m'approchai du tas de tôles et me mis à le fouiller en quête de l'élément comportant une photographie. En mon for intérieur, cependant, j'avais conscience que la tâche était désespérée. Même si nous réussissions à mettre la main sur un morceau de la chambre, comment diable parviendrions-nous à bâtir autour le reste de la maison ?

— Je suis désolé, je ne peux pas t'offrir de café, dit Simon. Le poêle ne fonctionne pas sans la cheminée.

— Ne t'inquiète pas, répondis-je. Pourquoi ne pas faire un feu à l'air libre ? Ça nous réconforterait un peu.

— Plus de carburant, dit-il. J'ai passé tellement de temps chez Michael dernièrement que je suis en rupture.

— Mince. Tout va mal, on dirait.

— En effet, oui.

— Hourra, dis-je, voici la cavalerie.

Dans le lointain, deux silhouettes avançaient vers nous et quand elles furent plus proches, je reconnus Steve et Philip. Puis, tout à coup, ils se mirent à courir.

— Ne touchez pas aux tôles ! hurla Steve une fois arrivé à proximité. Chaque pièce est marquée.

— C'est bon ! criai-je en retour. Nous en avons juste bougé deux ou trois !

Ils surgirent à toute allure et entreprirent de manipuler le tas jusqu'à ce qu'il ait retrouvé plus ou moins sa disposition antérieure. Pendant ce temps, Simon restait à les observer, muet de stupeur.

— Celui-ci et celui-là, c'est bon, dit Steve en se dirigeant vers les derniers éléments. Mais en voici un qui doit être là au-dessus.

Philip et lui hissèrent un long panneau de tôle sur la pile, puis ils se retournèrent et regardèrent Simon d'un air satisfait.

— Et voilà le travail, lança Steve. Tout prêt à être transporté.

— Transporté où ? demanda Simon.

— Vers chez Michael Hawkins, bien sûr.

— Tu veux dire, transporter ma maison là-bas ?

— Oui.

— Ah... je vois.

Simon eut une réaction intéressante, car au lieu d'exploser de rage contre l'outrecuidance de Steve et Philip, il ne fit que cligner des yeux pendant que l'idée faisait son chemin.

— S'agit-il de « l'incitation » dont vous parliez l'autre jour ? leur demandai-je. Le « coup de pouce » ?

— Ouais, dit Steve.

— Et vous n'avez jamais songé à consulter Simon d'abord ?

— Nan.

— C'est vrai que nous aurions dû, remarqua Philip. Maintenant que j'y pense.

— Non, c'est très bien, dit Simon, brisant tout à coup son mutisme. C'est formidable, ce que vous avez fait là, me placer sur une voie que j'aurais dû prendre depuis longtemps. Merci à vous deux ! Oui, je vais déménager. Je bâtirai la maison à quelques centaines de mètres de celle de Michael.

À ce moment-là, j'ai trouvé sage de ne pas exprimer mon opinion sur le sujet. Il n'empêche que je fus étonné de la facilité avec laquelle Simon acceptait les faits. Il avait été pratiquement expulsé par une paire de voisins bienveillants, et il en parlait comme si c'était son destin. J'avais déjà remarqué qu'il prenait un ton solennel chaque fois qu'il parlait de Michael Hawkins. Maintenant, semblait-il, il était prêt à tout miser sur leur amitié.

— Comment vas-tu faire pour transporter ça ? demandai-je.

— Facile, répondit Steve. Nous emporterons un élément à la fois.

Philip et lui avaient apparemment mijoté leur coup depuis un bon moment. Ayant appris que Simon s'absenterait deux ou trois jours, ils étaient arrivés dès son départ. Puis tous deux avaient fait le tour complet de la maison, marquant à la craie chaque élément avant le démantèlement afin qu'il soit facile de la remonter. Ça leur avait pris deux jours. La veille, après avoir terminé le travail tard dans la soirée, ils avaient fait un saut chez Philip pour manger un morceau et dormir, dans l'idée de retourner chez Simon et l'y attendre. Le fait est que celui-ci avait préféré faire le trajet de nuit et qu'il était rentré plus tôt que prévu, d'où son état éperdu quand il avait débarqué chez moi.

— Toutes les marques de craie correspondent, expliqua Steve. Tant que les éléments restent dans l'ordre, on peut remonter l'ensemble en un clin d'œil.

— Nous nous y mettons quand ? demanda un Simon impatient.

— Quand tu veux.

Pendant que les trois autres se consultaient pour mettre l'expédition sur pied, je m'approchai et jetai un œil négligent aux marques de craie. Effectivement, chaque morceau de la maison portait une inscription, comme TD, GT ou FD. Tout cela n'avait pour moi ni queue ni tête, mais Steve devait avoir élaboré un mode d'assemblage, je renonçai donc à pousser davantage l'enquête.

Pendant ce temps, ils étaient convenus de lever l'ancre immédiatement avec les premières pièces. Simon avait réfléchi à un site possible où bâtir sa nouvelle maison, et il estimait que ça prendrait cinq heures pour s'y rendre.

— Nous pourrons loger chez Michael cette nuit, dit-il. Et puis nous reviendrons demain prendre les morceaux suivants.

— Si nous passons par chez moi, nous pourrons nous arrêter manger en chemin, proposa Steve. (Il me regarda.) À moins, bien sûr, que tu préfères ta propre cuisine ?

— Qu'est-ce que tu veux dire par là ?

— Eh bien, si tu veux d'abord faire un saut chez toi, nous t'attendrons.

Je compris à ces mots qu'ils supposaient que j'allais les accompagner, ce qui n'était pas le cas, bien entendu. De mon point de vue, c'était une chose que se porter volontaire pour aider quelqu'un à résoudre une petite difficulté locale, c'en était une autre que de passer plusieurs jours à déménager une maison en fer-blanc à l'autre bout du pays.

— Je ne viens pas avec vous, en fait, dis-je. Je reste ici et je vais plutôt faire office de vigie.

— Vigie ? demanda Steve.

— Oui, tu vois, je surveillerai les pièces pendant que vous êtes absents. Empêcher qu'on les vole, ce genre de chose.

— Il n'y a personne d'autre que nous, répondit-il. Qui pourrait les voler ?

— Eh bien, elles peuvent être emportées par le vent.

— Bon, dit-il. Si ça ne t'intéresse pas, ce n'est pas grave.

Il rejoignit les autres sans ajouter un mot et me laissa légèrement embarrassé. Un conciliabule entre eux trois s'ensuivit pendant qu'ils se préparaient au voyage imminent. Ils partirent peu après en emportant chacun un élément de la maison en fer-blanc.

Personne ne me dit au revoir. Pas même Simon.

9

Je restai là un long moment après leur départ, peu disposé à laisser la pile sans surveillance. Je savais aussi bien qu'eux que c'était inutile, car, comme l'avait fait remarquer Steve, il n'y avait personne d'autre que nous dans les environs. Je me sentis malgré tout obligé d'assurer chaque chose. Je dénichai un rouleau de corde dans les affaires de Simon et m'en servis pour arrimer les différentes pièces. Ce qui, j'en étais persuadé, les protégerait du vent. Puis, après avoir vérifié qu'il ne restait plus rien à faire, je pris le chemin de la maison. À mi-chemin, je rencontrai Mary Petrie. Elle avait un panier à la main.

— Voilà qui a été vite fait, dit-elle. Tu as déjà tout remonté ?

— Pas vraiment, répondis-je. Il a décidé de déménager.

Le panier contenait une thermos de café, accompagnée de gâteaux qu'elle avait apportés pour nous remonter. Je lui racontai ce qui s'était passé et comment ils étaient partis sans me dire au revoir.

— Allons, remarqua-t-elle, au moins je suis toujours là, non ?

C'était une façon de voir les choses, bien sûr, mais pendant que nous cheminions vers la maison, je ne pouvais m'empêcher de penser que je risquais de ne plus jamais revoir mes amis. C'est vrai, ils avaient peu de raisons de me rendre visite. Ces pensées me trottèrent dans la tête cette nuit-là. Le lendemain matin, je pris la résolution de me rendre chez Simon Painter tous les jours avec un panier de provisions pour eux trois. Ils sauraient ainsi qu'ils n'étaient en aucun cas oubliés, même s'ils étaient partis. Cependant, je ne pouvais me résoudre à me retrouver face à face avec eux. Non pas que je me sois senti honteux de ne pas participer au déménagement. C'était seulement qu'il me semblait que je ne saurais pas quoi leur dire. Par conséquent, je décidai de ne pas m'y rendre avant la fin de l'après-midi, heure à laquelle j'estimais qu'ils seraient venus et repartis.

Effectivement, quand j'arrivai chez Simon environ une heure avant le crépuscule, la première chose que je remarquai fut que trois éléments de plus avaient été emportés. Je fus heureux de constater qu'ils avaient utilisé la corde pour arrimer le restant de la pile, comme je l'avais fait, mais sinon, il n'y avait aucun signe de passage. Je m'assurai que tout était en sécurité, puis je déposai le panier de ravitaillement bien en vue.

Quand j'y retournai le lendemain, la pile s'était à nouveau réduite de trois éléments. Je fus toutefois déçu de découvrir que la thermos de café était intacte. Seuls les gâteaux étaient partis.

— Peut-être que le café était froid, suggéra Mary Petrie quand je lui en fis part.

Évidemment, pensai-je, quel imbécile j'étais ! Je modifiai alors mes livraisons : je les effectuais tôt le matin, puis je revenais l'après-midi pour récupérer le panier. Ce système prenait pas mal de temps et imposait deux voyages aller et retour, mais je me sentis récompensé la première fois que je découvris qu'on avait bu le café et mangé les gâteaux.

Au fil des jours, je me rendis compte que ces excursions prenaient à mes yeux une importance grandissante. J'examinais soigneusement le tas de tôles pour voir quelles pièces avaient été emportées, et je regardais toujours s'ils n'avaient rien laissé derrière eux. Je devrais ajouter que je ne m'attendais à rien en particulier, mais je pensais pouvoir trouver de temps en temps un message qui m'aurait renseigné sur leur progression, ou peut-être un mot de remerciement. À la place, je trouvais seulement un panier vide. Il m'apparut bientôt que mes présents quotidiens étaient peu de chose comparés à la corvée que représentait le déménagement d'une maison tout entière morceau par morceau. Néanmoins, mon intérêt ne faiblit pas pour autant, et se mit à tourner à l'obsession. Je commençai à entrevoir la méthode avec laquelle les pièces de fer-blanc avaient été marquées pour le réassemblage, et j'en pris bonne note par simple curiosité. Je compris, par exemple, que FD était l'abréviation de *face droite*, quand GT signifiait *gauche toit*. Plus je me familiarisais avec la codification particulière que Steve Treacle avait combinée, plus je la soupçonnais d'être vouée à l'échec. Mes doutes se confirmèrent quand je tombai sur un élément marqué TG. Quelle différence pouvait-on faire, me demandai-je, entre *toit gauche* et *gauche toit* ?

Au bout de deux semaines, la pile avait bien diminué. Le café et les gâteaux disparaissaient invariablement, et invariablement je n'en recevais aucun remerciement. Pas découragé pour autant, je poursuivis mes visites. Ce qui n'alla pas sans rapidement créer des problèmes domestiques. Mary Petrie me faisait souvent remarquer qu'à son avis je passais beaucoup de temps dehors, et un après-midi, je l'invitai à se joindre à moi dans mon excursion. Ainsi pourrait-elle découvrir par elle-même ce qu'il y avait de si remarquable dans un tas de tôles, comme elle disait. Nous arrivâmes là-bas assez tard à cause de son allure, et elle ne fit rien d'autre que contempler en silence l'emplacement abandonné. C'était néanmoins la première fois qu'elle venait chez Simon Painter, et je me rendais compte que l'aspect minimaliste de sa maison ne signifiait rien pour elle. Je pensai donc qu'une explication s'imposait.

— Simon habitait pile à cet endroit, dis-je. La porte était ici, la cuisine là-bas, et le poêle dans ce coin. Tu ne trouves pas ça intéressant ?

— Pas s'il est parti, non, répliqua-t-elle. Où est la cloche ?

Une rapide recherche nous permit de la découvrir dissimulée au milieu d'autres affaires, comme la plaque *Feu du sable*, les carillons à vent et le drapeau enroulé. Je fis sonner la cloche, et quand elle entendit son timbre familier, ses yeux se remplirent de larmes.

— Comment se fait-il que tu te préoccupes autant de Simon tout à coup ? m'apostropha-t-elle. Quand il vivait ici, tu n'arrêtais pas de le critiquer !

— Certes, mais en toute amitié, répondis-je.

— Tu ne t'es jamais comporté en ami avec lui !

— Si.

— Pas du tout ! s'exclama-t-elle. Maintenant il est parti et tu as tout ce que tu mérites !

Puis elle tourna les talons et rebroussa chemin à grands pas. Je voulais la rattraper pour découvrir quelle faute je venais encore de commettre, mais j'avais une ou deux choses à faire auparavant. Je comptai rapidement les pièces pour prendre la mesure de ce qui restait, je vérifiai ensuite la solidité de la corde, saisis le panier et m'élançai à sa poursuite.

Le chemin qu'elle avait parcouru en si peu de temps était remarquable. J'estimai à deux cents mètres la distance d'ores et déjà couverte, une belle performance si l'on tient compte qu'elle se plaignait un peu plus tôt de ne pouvoir aller plus vite ! Elle marchait à une telle allure qu'on aurait pu croire qu'elle cherchait à mettre entre nous le plus de distance possible. Pour ma part, je n'avais pas l'intention de m'épuiser à lui courir après et je cheminai à mon pas habituel, sachant que j'allais finir par la rejoindre. Je mis en réalité plus de temps que prévu, et ce n'est qu'en arrivant en vue de la maison que je fus assez proche d'elle pour lui causer.

— Je mérite quoi, exactement ? lui demandai-je.

— Tu mérites qu'on te laisse tout seul, répliqua Mary Petrie.

— Pourquoi, parce que j'ai critiqué Simon Painter une fois ou deux ?

— Ne mêle pas Simon à ça ! dit-elle sèchement. Lui, au moins, il s'occupait des autres ! Toi, tout ce qui t'intéresse, c'est ta personne et ta vilaine petite maison en fer-blanc !

Elle ne faisait pas mine de ralentir, elle accéléra, au contraire, en regardant droit devant. La maison était maintenant bien visible.

— Qu'est-ce qu'elle a de vilain ? demandai-je.

— Tout est vilain ! Regarde-moi ça ! Posée au milieu de nulle part, à des kilomètres de quelqu'un d'autre !

— Mais c'est justement ce qui la rend parfaite !

— Tu en es persuadé, n'est-ce pas ? dit-elle. Tu penses vraiment que tu mènes une existence enviable. C'est pour ça que tu n'arrêtes pas d'aller chez Simon : tu ne parviens pas à accepter qu'il ait pu songer à déménager. Oh non, il n'y a pas d'endroit meilleur que celui-ci, car voici le centre du monde ! Tous les autres doivent se tromper ! Comment peut-on ne pas souhaiter habiter une plaine froide, venteuse et désolée dans une vilaine petite maison en fer-blanc où l'on doit pelleter le sable tous les matins et verrouiller la porte pour l'empêcher de s'ouvrir à la volée ?

Mary Petrie s'arrêta tout à coup et se tourna vers moi.

— Je vais te dire pourquoi tu es ici, dit-elle. Tu es ici parce que tu t'imagines que ça fait de toi quelqu'un de différent. Tu t'imagines que la misérable petite vie étriquée que tu mènes, cet isolement que tu t'imposes, tout cela te rend plus intéressant que les autres. Ce n'est pas vrai ? Hein ? Tu es convaincu que s'ils en avaient l'occasion, ils habiteraient tous dans une maison construite entièrement en fer-blanc. Tu ne te rends pas compte que tu ne fais que jouer, comme jouaient Simon, Steve et Philip avant de se lasser ! Tu joues au solitaire capable de se passer des autres. Voilà pourquoi tu t'es retiré comme un ermite ! Tu n'as pas réussi à trouver une cabane dans un cañon et donc tu as dégoté cet endroit à la place. Une construction à un étage, luisante et grise, avec un toit en pente et une cheminée en fer-blanc ! Tu considères que c'est un château fort, mais je vais te dire quelque chose : c'est de la tôle, c'est provisoire, et un de ces jours, tu vas tout prendre sur le museau !

Son discours terminé, elle me toisa, les mains sur les hanches et le regard furieux.

J'attendis un moment avant de dire :

— Alors tu n'aimes pas mon habitation en fer-blanc ?

Mary Petrie soupira.

— Ce que je veux dire, c'est que ce n'est pas l'endroit qui compte mais avec qui on est.

— Est-ce que cela signifie qu'il ne faut plus que j'aille chez Simon Painter ?

— Bien sûr que non, mais essaye aussi de me prêter un peu d'attention.

— D'accord.

Elle parut s'adoucir. Elle soupira à nouveau et se tourna vers la maison. Je l'observai pendant qu'elle parcourait les derniers mètres et disparaissait à l'intérieur, puis je passai plusieurs minutes à méditer ses paroles. L'essentiel, si j'avais bien compris, c'était que l'édifice était sur le point de s'écrouler. Je ne voulais bien sûr pas qu'elle se sente en danger, et je l'examinai rapidement pour détecter une défaillance de construction. Il n'y avait rien, comme je m'y attendais, mais je pensai qu'il valait mieux ne pas rentrer directement, car elle avait de toute évidence besoin d'un moment d'intimité. À la place, par conséquent, j'attendis à proximité pendant que la pâle lumière de l'après-midi commençait à faiblir.

C'était un moment de la journée que j'avais toujours aimé, quand on peut contempler l'horizon disparaître peu à peu dans l'obscurité. L'air paraissait un peu plus chaud que d'habitude, ce qui indiquait que le vent avait légèrement tourné. Un coup d'œil à la girouette me le confirma. Elle était restée pointée sans discontinuer ouest-sud-ouest depuis que nous l'avions installée sur le toit. Mais maintenant, elle était dirigée vers la maison de Simon Painter. À une autre époque, cela aurait permis au futile tintement de cloche de parvenir à nos oreilles. Désormais, bien sûr, on n'entendait rien d'autre que le gémissement du vent, lequel semblait perdre un peu de sa virulence. Il charriait moins de sable que d'habitude, et je jetai un regard machinal vers la maison pour voir si un coup de pelle était nécessaire. Je saisis un mouvement dans le lointain. Il provenait du nord, où un gros amas nuageux s'était installé pour la nuit. Je scrutai la pénombre, cherchant à discerner ce que j'avais aperçu. Puis, au bout d'un moment, je distinguai une silhouette solitaire cheminant lentement de l'est vers l'ouest.

10

Vint enfin le matin de mon dernier voyage chez Simon Painter. Plusieurs jours étaient passés, et la pile de tôles avait régulièrement diminué. Pour finir, il ne resta plus que trois éléments.

Avant que je ne sorte avec les provisions, Mary Petrie me dit :

— Est-ce que tu vas essayer de les voir aujourd'hui ?

— Je ne pense pas, répondis-je. De quoi parlerions-nous ?

— Ma foi, ce sont tes amis. Tu dois avoir une idée.

— Pas pour le moment, non.

— Alors tu vas laisser tomber ?

— Probablement.

— Fais comme tu veux, mais je te préviens, tu le regretteras.

À plusieurs reprises ces derniers temps, elle m'avait exhorté à organiser mes visites afin d'être présent lors de leur arrivée, mais j'étais malheureusement toujours incapable de les affronter. En fait, plus le temps passait, plus la chose m'apparaissait difficile. Ce jour, comme Mary Petrie tentait de me le démontrer, était pour moi la dernière occasion de consolider notre amitié. Après quoi, il était probable que nos chemins se sépareraient.

Une fois chez Simon, j'observai ce qui restait de sa maison. Hormis les trois éléments en tôle, la seule preuve de son existence se résumait à un rectangle à peine perceptible sur le sol. La hampe du drapeau, la cloche et le reste de ses affaires personnelles avaient été emportés les jours précédents, et il ne restait à présent presque plus rien. Non sans quelque hésitation, je déposai le panier dans un endroit sûr, puis je rentrai chez moi.

Quand j'arrivai, Mary Petrie n'était pas encore revenue de sa balade quotidienne, alors je me servis du café et l'attendis sur le pas de la porte. Le vent avait continué de faiblir la semaine passée, et il y avait moins de risque que le sable pénètre dans la maison. En fait, le temps s'améliorait de façon générale. Pour un peu, j'aurais dit qu'enfin le printemps s'annonçait !

Au bout d'un moment, je vis Mary Petrie au loin. Elle avait suivi son itinéraire habituel, en gardant la maison en ligne de mire, et elle était sur le chemin du retour. En gage de bonne volonté, je rentrai faire du café frais. Quand elle arriva quelques minutes plus tard, il était presque prêt.

— Un peu plus tôt, j'ai vu des gens, dit-elle. Trois femmes, je pense, mais elles étaient assez éloignées.

Je me précipitai vers la porte pour regarder.

— Où sont-elles à présent ?

— Oh, elles sont parties ! répondit-elle. C'était il y a une heure, environ.

— Elles allaient de quel côté ?

— C'est difficile à dire. Elles donnaient l'impression de déambuler par-ci par-là.

— Eh bien, dans quelle direction, à peu près ?

— Je n'en sais rien ! aboya-t-elle. Quelque part de ce côté !

Elle agita son bras vers la porte, ce qui désignait l'ouest en général.

— Oh ! dis-je. D'accord.

Je ne cherchai pas à en savoir davantage, car Mary Petrie perdait assez souvent patience quand je lui posais trop de questions. Le cas s'était produit quelques mois auparavant quand elle m'avait parlé à son retour d'une étrange formation nuageuse qu'elle avait remarquée. Elle ressemblait apparemment à un oiseau, mais quand je lui avais demandé s'il s'agissait d'un oiseau en vol ou simplement perché, elle était montée sur ses grands chevaux en déclarant qu'on se fichait de quel genre d'oiseau c'était ! Qui plus est, elle me dit qu'elle ne se fatiguerait plus à me raconter ce qu'elle verrait d'intéressant à l'avenir.

À présent, c'était la même affaire. De son point de vue, elle avait aperçu des femmes, elles s'étaient éloignées, et puis voilà. Inutile d'insister là-dessus.

J'étais néanmoins curieux de savoir qui ça pouvait être. Il n'était pas rare que des gens apparaissent dans la plaine de temps à autre, et même dans un endroit aussi reculé que par ici. C'était généralement bien plus tard dans la saison, cependant, quand le temps était assez chaud pour qu'on puisse parler d'été. Ces nouveaux arrivants imaginaient être des pionniers, voire des explorateurs, pour la simple raison qu'ils campaient dans la nature quelques semaines. Mais dès que le vent se remettait à souffler, ils disparaissaient et on ne les revoyait plus.

Les trois femmes que Mary Petrie avait repérées, au contraire, étaient apparues avant la fin de l'hiver. Ce qui s'appliquait aussi au promeneur solitaire que j'avais observé l'autre soir. Il m'apparut tout à coup que cette partie du monde devenait très peuplée pour cette période de l'année, et je méditai sur ce qui les attirait tous par chez nous.

— Je pense qu'il faudrait ouvrir les volets, dit Mary Petrie un peu plus tard. Que la lumière entre, pour changer.

Cela était supposé être un ordre, bien sûr, et il fallut que je passe une heure ou deux à l'extérieur de la maison à tenter de les déverrouiller. En vérité, j'avais espéré échapper à la question des volets car je savais que certains d'entre eux étaient méchamment coincés. Les années précédentes, j'avais considéré qu'il était plus pratique d'ouvrir la porte lorsqu'il faisait doux et de laisser les volets en l'état. Mary Petrie avait un avis différent. Pour elle, il fallait que les choses soient faites correctement, ce qui signifiait que les volets devaient être ouverts et la porte fermée.

Lorsque je fus enfin venu à bout du travail de dégrippage des loquets et de lubrification des gonds, l'après-midi était bien entamé. J'envisageai un instant de ne pas me rendre chez Simon Painter avant le lendemain matin pour récupérer le panier, mais en fin de compte je considérai que l'idée d'une balade n'était pas mauvaise. Un agréable courant d'air parcourait la maison, sans un grain de sable, et Mary Petrie était en train d'arranger ses vases de plantes sèches. Envahi par un sentiment de bien-être, je me mis en route pour mon court voyage.

Auparavant, lorsque j'approchais de chez Simon Painter, la première chose que je voyais était le ballon captif, suivi immédiatement du drapeau, de la cheminée, puis de la partie supérieure du toit. Je les enregistrais machinalement en approchant. Ces derniers temps, je m'étais habitué à trouver à la place un amoncellement de tôles qui fondait. Aujourd'hui, je m'attendais à ne voir qu'un panier contenant une thermos vide. Je fus donc étonné quand j'aperçus soudain trois personnes à l'emplacement original de la maison.

Un instant mon pas se fit hésitant, car je songeai à Simon, Steve et Philip. Elles étaient encore à bonne distance, mais je devinai à leurs mouvements qu'elles m'avaient vu arriver. C'est pourquoi je me dis que je n'avais guère d'autre choix que de poursuivre mon chemin vers elles. À ce moment-là seulement, je découvris qu'il s'agissait de trois femmes. Elles me regardaient pendant que j'approchais, j'adoptai donc une mine de propriétaire et me dirigeai droit sur le panier qui avait été posé par terre.

— Vous voulez quelque chose ? me demanda l'une d'elles alors que je ramassais le panier.

— Je suis simplement venu chercher ceci, répondis-je. Je l'ai apporté ici pour des amis.

— Et maintenant vous l'emportez.

— Oui, dis-je. Il est vide. Bon, il n'est pas vide à proprement parler, mais il contient une thermos vide.

— Où sont-ils, ces amis ?

— Ils déménageaient la maison qui se trouvait ici. Ils sont partis, maintenant.

C'était un peu fort d'avoir à me justifier auprès de ces trois femmes. Après tout, c'étaient elles les étrangères, pas moi. Celle qui m'avait interrogé me paraissait particulièrement hostile, et je fus soulagé quand une autre prit la parole sur un ton plus amical.

— Ma foi, dit-elle, j'imagine que vous avez autant le droit d'être ici que nous.

— Merci, m'entendis-je répondre.

Toutes trois semblèrent se détendre un peu, et je poursuivis la conversation en désignant la marque rectangulaire sur le sol.

— La maison était ici. Elle était construite entièrement en fer-blanc.

— Mais pourquoi son propriétaire est-il parti ? demanda la troisième femme.

— Il a eu envie de changer, voilà tout.

Elles échangèrent des regards, et la deuxième esquissa même un sourire.

— C'est un endroit où il fait bon vivre, non ? s'enquit-elle.

— Oui, dis-je. Très bon.

— Parce que nous cherchons un coin.

— Ah, d'accord. Eh bien, vous ne pouvez pas trouver mieux.

Je me lançai alors dans de longues explications sur l'orientation ouest-sud-ouest de la maison, face aux vents dominants, sur le fait que je vivais à environ cinq kilomètres dans telle direction, et qu'il y avait quelques individus qui habitaient plus loin vers l'ouest. Pendant ce temps, elles observaient le rectangle, le ciel et l'horizon. Parfois, elles me dévisageaient.

Quand j'eus terminé mon discours, la première me demanda :

— Où est-ce que ça mène ?

Elle désignait quelque chose qui était apparu au cours des dernières semaines, à savoir la trace d'une piste. C'était le chemin qu'avaient suivi quotidiennement Simon, Steve et Philip, qui consistait en des empreintes de pas. Cependant, elle semblait conduire à quelque destination lointaine, et je comprenais l'intérêt qu'elle suscitait chez les trois femmes.

— Ça ne mène à aucun endroit en particulier, dis-je. C'est désertique à partir d'ici.

— Désertique ?

— Oui, enfin, vous voyez. Partout pareil.

À cet instant, elles échangèrent un regard que je n'étais pas censé comprendre. Il exprimait de la compassion, et je compris qu'elles avaient pitié de moi, je ne sais pour quelle raison. Afin de me donner une contenance, j'ouvris le panier comme pour vérifier son contenu. Puis je le refermai. Pendant ce temps, les trois femmes étaient apparemment arrivées à un accord tacite. Il y avait sur le sol plusieurs sacs, qu'elles se mirent à rassembler.

— Bon, nous allons jeter un œil par là, dit la deuxième en indiquant la piste du menton. Ça semble prometteur.

Elle se mit en marche, suivie par les deux autres.

— Au revoir, dis-je.

— Au revoir, répondirent-elles en chœur.

Je les observai s'éloigner et je me demandai ce qu'elles espéraient découvrir. Puis je ramassai le panier, jetai un dernier regard à la marque rectangulaire et me mis en route. Quand j'arrivai, Mary Petrie était en train de fermer les volets pour la nuit. Certains d'entre eux avaient été assez difficiles à ouvrir, et je fus impressionné par la façon dont elle s'en était tirée. Il n'en restait plus qu'un, et je m'approchai pour le lui tenir pendant qu'elle actionnait le loquet. Il fut fermement assujetti en un clin d'œil.

— Merci, dit-elle. C'est un énorme progrès d'avoir des volets qui fonctionnent.

— Parfait, répondis-je. Au fait, j'ai rencontré les trois femmes dont tu m'as parlé. Elles observaient l'emplacement de la maison de Simon Painter.

— Elles pensaient s'y installer ?

— Non. Je crois qu'elles l'ont sérieusement envisagé, mais elles ont finalement décidé de s'en aller.

— À la recherche d'on ne sait quoi, observa-t-elle avant de rentrer.

La nuit était tombée et la petite brise du jour commençait à fraîchir légèrement. Malgré les objections que j'avais élevées contre la girouette, je m'étais mis à lui trouver bien des avantages, finalement, et j'avais tendance à y jeter de fréquents coups d'œil. Je remarquai ce soir-là qu'elle était toujours dirigée vers l'ouest, comme depuis plusieurs jours à présent. Pour l'instant, le vent dominant avait cessé, mais j'avais la certitude que ce n'était que temporaire.

11

L'ouverture des volets devint bientôt un rituel quotidien de la maison en fer-blanc. Elle s'effectuait tous les matins avant le petit déjeuner, sous la conduite de Mary Petrie. Restaient des exceptions, bien entendu, par exemple quand le vent soufflait en bourrasques et soulevait le sable, comme si l'été n'était jamais arrivé. Dans ces cas-là, l'ensemble demeurait solidement barricadé. Mais le temps était en général clément. Alors les volets s'ouvraient et la lumière entrait.

Je n'y opposais aucune objection puisque ça me donnait beaucoup à faire. Ce qui était plus important, c'est que Mary Petrie était heureuse de poursuivre l'amélioration de l'intérieur. Il y avait à présent de nouveaux vases et des tableaux un peu partout, à l'étage et en bas, et elle avait extrait de sa malle des ustensiles supplémentaires. Nous prenions notre café, par exemple, non plus dans des bols en émail mais dans des tasses en porcelaine avec soucoupe. La nuit nous dormions sous un édredon de plume.

Avec les volets ouverts, la maison était agréable, lumineuse et aérée, mais au bout d'un moment apparurent des effets secondaires insoupçonnés. Je ne sais pourquoi, mais le surcroît d'aération fit que le poêle dégagea plus de fumée qu'auparavant. De la suie se déposa bientôt sur les murs, et Mary Petrie exigea qu'on y remédie.

— On n'y peut rien, dis-je. C'est inévitable.

— Tu parles, répondit-elle avant d'ouvrir la porte et de sortir.

Elle fut de retour peu après.

— La cheminée est trop courte. Il nous en faut une plus longue.

— Ce ne serait pas plus simple de fermer à nouveau les volets ? proposai-je. C'est de toute évidence à cause d'eux.

— Mais je ne veux pas qu'on les ferme ! s'exclama-t-elle. Ils sont bien mieux ouverts en cette saison. Tout ce dont nous avons besoin, c'est une cheminée plus longue.

— Comment le sais-tu ?

— Je le sais, c'est tout !

Son expression était on ne peut plus catégorique, et je battis immédiatement en retraite.

— C'est sans doute pour ça que Steve Treacle a allongé sa cheminée, observai-je. Je me demandais pourquoi.

— Alors il peut te montrer comment faire, non ? demanda Mary Petrie.

— Oh oui, il possède tout ce qu'il faut.

— Eh bien, tu n'as qu'à aller le voir.

— Mais c'est impossible ! rétorquai-je. Pas dans l'état actuel des choses.

— Je m'en fiche ! dit-elle. Je ne vais pas m'accommoder de toute cette suie alors qu'il existe une solution très simple ! C'est uniquement l'orgueil qui te tient à l'écart de Steve, et aussi de Philip, alors tu peux t'y rendre dès demain !

Le lendemain, je me mis en route sous le soleil en emportant des cadeaux. Au cours de la nuit, j'avais décidé qu'il y en aurait un pour chacun des voisins qui me restaient, et que c'étaient des gâteaux qui conviendraient le mieux.

— Ils n'en ont pas un peu soupé de tes gâteaux, à présent ? demanda Mary Petrie. Tu leur en as apporté tous les jours pendant qu'ils déménageaient Simon. Peut-être faudrait-il que tu leur offres quelque chose d'autre.

— Non, non, répondis-je. C'est parfait, des gâteaux.

— Très bien, dit-elle. Alors, tu les salueras de ma part tous les deux, d'accord ?

— D'accord. Salut.

Cela faisait un bon moment que je n'avais pas rendu visite à Steve, mais je connaissais le chemin et y songeai à peine durant le trajet. Cependant, après deux heures de marche, je commençai à me demander si je n'avais pas un peu dévié. Il n'y avait pas d'autre point de repère dans les environs que la maison de Steve, et je m'attendais à la voir apparaître devant moi d'un moment à l'autre. Mais je ne distinguais rien, et je choisis de m'arrêter pour observer les alentours. Le paysage, à première vue, semblait familier. Dans toutes les directions une vaste plaine rouge s'étirait dans le lointain, coupée çà et là par des tourbillons de sable. Oui, c'était décidément le bon endroit.

Mais alors, où était la maison ? En regardant autour de moi, je tombai sur une grande forme rectangulaire imprimée sur le sol, et j'eus tout à coup la réponse. Je reconstituai facilement le périmètre de l'ancienne demeure de Steve en repérant l'emplacement de la porte, du poêle et de l'escalier. Tout avait à présent disparu, y compris la réserve de pièces détachées qu'il gardait derrière chez lui. Elle incluait, je m'en souvenais, quelques longueurs de tuyau de cheminée. Tout avait disparu, et je ne pouvais que supposer qu'il avait décidé de se rapprocher de chez Philip. Je me demandai s'il avait utilisé le même système de numérotation des éléments de tôle pour sa maison que pour celle de Simon. Si tel était le cas, le résultat serait intéressant à voir, ce qui me poussa à m'engager dans la direction de la maison de Philip. Ce n'était qu'à une heure de plus, et si je ne traînais pas, j'aurais tout le temps de rentrer avant la nuit.

Après ce que je supposai être un ultime regard à ce qui avait été la résidence de Steve Treacle, je me mis en marche. Mes inhibitions à la pensée de les revoir avaient désormais disparu, et je me surpris même à savourer par avance le spectacle de deux maisons de fer-blanc côte à côte. J'imaginais très bien le tableau, avec Steve, impétueux comme toujours, se précipitant pour remonter les éléments dans le voisinage immédiat de Philip. Pendant ce temps, son camarade lui donnait un coup de main, à sa manière posée, prononçant peu de paroles, sinon un commentaire étrange et drôle. Je m'imaginais que Steve aurait été capable de trouver une façon de réunir les deux structures. Quel spectacle ce serait, et peut-être même qu'ils auraient une cheminée en trop ! Probablement, me disais-je, que, quand je leur aurais remis leurs cadeaux, tous trois aurions à cœur d'oublier les récents événements.

Au cours de l'heure précédente, j'avais pris note que le vent avait tourné ouest-sud-ouest et qu'il forcissait légèrement. J'étais assez satisfait d'avoir détecté ce changement sans l'aide de la girouette, mais autre chose me fit autant de plaisir. Pour dire le vrai, je considérais la tiédeur et la douceur des conditions estivales plutôt agaçantes, tout comme j'imagine ce qu'un marin englué dans le pot au noir pourrait éprouver. La chaleur, les journées brumeuses, c'était très bien un petit moment, mais à la longue je les trouvais sacrément assommantes, et j'aspirais au retour du « temps adéquat ». J'entends par là un ciel bas et gris, une température fraîche et un vent revigorant. Un coup d'œil à l'horizon m'indiqua que mon vœu était sur le point d'être exaucé, même si je savais qu'il y aurait un prix à payer. Certaines contrées ne sont tout bonnement pas faites pour l'été, et notre plaine en était un parfait exemple. L'expérience m'avait appris que nous allions devoir subir un violent orage avant le retour à la normale du climat. C'est avec cette pensée que je baissai la tête et pressai le pas vers la maison de Philip Sibling.

Il y avait encore plus longtemps que je ne m'étais rendu chez lui que chez Steve Treacle, mais je me souvenais que c'était juste après un orage de cette nature. La veille au soir, les nuages s'étaient amoncelés au loin, et la pluie était apparue aux alentours de minuit. C'était un événement assez rare dans le coin, et plutôt bienvenu car le réservoir ne disait jamais non à un plein. Il avait plu à seaux pendant environ une heure et j'enfilai un imperméable avant de sortir vérifier si le tuyau de descente d'eau n'était pas bouché. Une minute plus tard, le ciel fut illuminé par les éclairs les plus éblouissants que j'aie jamais vus. La foudre s'abattit dans le voisinage de la maison de Philip, et le matin venu, alors que ça s'était mis à sécher, je m'y rendis pour m'assurer qu'il allait bien.

J'aurais dû me douter que c'était le cas, bien sûr. Philip Sibling n'était pas du genre à sortir sous pareil déluge, et je le découvris assis dans sa cuisine en train d'observer le plafond.

— J'essaye de déterminer si la pluie a pénétré à l'intérieur hier au soir, m'expliqua-t-il.

— Il y a une fuite, alors ?

— Oh non ! C'est étanche comme un navire.

— Mais alors comment la pluie aurait-elle pu entrer ?

— La capillarité, dit-il en me jetant un regard entendu. Il faut toujours se méfier.

C'était sans doute la conversation la plus longue que j'aie jamais eue avec Philip. Homme de peu de mots, il n'aimait pas les gaspiller en bavardages. Ce qui me convenait parfaitement, et nous passâmes le reste de ma visite tranquillement attablés à partager une cafetière et à ne pas échanger plus de paroles que le strict nécessaire. Juste avant mon départ, Steve Treacle fit son apparition, apparemment pour les mêmes raisons que moi. Philip l'invita à entrer, et nous nous installâmes tous les trois un moment, parlant peu, jusqu'à ce que je me décide à m'en aller. Une année peu ou prou s'était écoulée depuis cette visite, et à présent, en marchant vers chez Philip, je me souvenais de Steve pianotant frénétiquement sur la table. Le bruit me parvenait encore après que je les eus salués et que je fus sorti, mais j'entendais également que tous deux s'étaient lancés dans une discussion à bâtons rompus. Ce devait être le jour où leur amitié avait fleuri, et je ne doutai pas un instant qu'ils aient débattu de choses plus intéressantes que la capillarité.

Je fus interrompu dans mes pensées par un cri léger. Il provenait de quelque part devant moi et me rappelait l'appel plaintif d'un oiseau sur quelque rivage lointain et abandonné. Sauf que je savais qu'il ne s'agissait pas d'un oiseau. Interrompant ma progression, je scrutai l'horizon, où un groupe de six ou sept personnes cheminaient lentement vers l'ouest. Elles étaient à une distance d'environ un kilomètre et demi, et je remarquai qu'elles aussi avaient été arrêtées par le cri. Un instant plus tard, une autre silhouette minuscule apparut, leur courant apparemment après. Elles attendirent que l'individu les ait rattrapées, puis tout le groupe se rassembla pendant plusieurs minutes avant de repartir vers l'ouest.

Pendant qu'ils s'évanouissaient petit à petit hors de ma vue, je les observai avec un curieux sentiment d'inquiétude. Ces gens avaient fait leur apparition plus ou moins dans la zone où vivait Philip, mais je ne voyais pas trace de sa maison ni de celle de Steve. « Tous deux n'ont pas pu lever le camp et quitter les lieux », pensai-je. De tous les hommes que je connaissais, Philip était le dernier que j'aurais cru susceptible de démonter son habitation pour la déplacer ailleurs. Au bout d'un autre quart d'heure de marche, cependant, le mystère s'éclaircit. Ici même, imprimé sur le sol devant moi, il y avait un grand rectangle vide. Au-delà partait une piste formée d'empreintes de pas. Envahi par la déception, je m'assis et mangeai les gâteaux.

Le temps que je rentre, Mary Petrie avait fait le tour et fermé tous les volets en prévision de l'orage qui menaçait. La girouette indiquait ouest-sud-ouest. Jusque-là, la brise n'avait que peu forci, mais le sable avait déjà commencé à s'accumuler contre la façade exposée au vent. En m'approchant, je la découvris en train de manier la pelle et de déblayer.

— Laisse donc ça pour le moment, lui dis-je.

— Il faut bien que quelqu'un le fasse, répondit-elle. Et tu n'es jamais ici, ces derniers temps.

— Il fallait que je m'occupe du tuyau de cheminée, non ?

— Ce n'est pas une excuse. L'orage se prépare depuis des heures. Tu aurais dû rentrer.

Elle arrêta de pelleter et me regarda.

— Alors, où est-elle ?

— Où est quoi ?

— La nouvelle cheminée.

— Eh bien, expliquai-je, Steve a déplacé sa maison. Philip aussi. Ils sont partis.

— Et dans quel autre endroit as-tu cherché ?

— Aucun. Il n'y a pas d'autre endroit.

— Formidable ! dit-elle. Tu t'absentes toute la journée et tu reviens les mains vides !

À ce moment-là, je lui avais doucement enlevé la pelle des mains et j'avais continué moi-même le travail. En vérité, c'était un gaspillage d'énergie total, car quand l'orage arriverait, il allait charrier du sable absolument partout. Cependant, compte tenu des circonstances, je jugeai préférable d'être ostensiblement actif. Mary Petrie se tenait à proximité et m'observait, les bras croisés.

— De toute façon, la cheminée ne devrait pas poser de problème pour le moment, remarquai-je. Pas maintenant que les volets sont fermés.

— Je suppose que ça te réjouit, n'est-ce pas ? rétorqua-t-elle. Un joli ciel noir, des rafales de vent et du sable qui vole partout. Ça te convient parfaitement, non ?

J'étais toujours impressionné quand elle faisait de telles réflexions, car elle paraissait déchiffrer mes goûts et aversions à livre ouvert. C'était presque comme si elle m'avait observé en profondeur et prenait des notes sur le sujet.

— Peu importe, dis-je. Nous serons bien au chaud dans la maison.

— Mais nous sommes en plein été ! déclara-t-elle. Nous ne devrions pas avoir besoin d'être bien au chaud !

— L'été, c'est une façon de parler, répondis-je. Nous sommes au milieu d'une contrée sauvage, ne l'oublie pas.

— Non, dit-elle, ça, je suis sûre de ne pas l'oublier.

Elle ouvrit la porte avec précaution, se glissa à l'intérieur et la referma. Maintenant, l'obscurité croissante semblait assez proche pour qu'on s'imagine pouvoir la toucher.

L'accompagnaient des éclairs sporadiques, et ils m'apprirent que nous pouvions nous attendre à du sable et de la poussière plutôt que de la pluie, qui tomberait ailleurs.

Pour tout dire, j'aimais beaucoup contempler la progression de l'orage sec, comme je l'appelais, car j'étais assuré de ne pas me retrouver trempé jusqu'aux os à n'importe quel moment. Pour je ne sais quelle raison, il n'était jamais accompagné de tonnerre et tout ce qu'on entendait provenait du vent qui soulevait le sable devant lui. Ça ne servait à rien de poursuivre le travail avec la pelle, alors je fis une pause et observai le ciel quelques instants. Puis je rentrai pour rejoindre Mary Petrie. Je lui parlai du groupe que j'avais aperçu près de chez Philip et de la piste d'empreintes qui partait vers l'ouest.

— Est-ce que tu crois que tout cela a quelque chose à voir avec Michael Hawkins ? me demanda-t-elle.

— Pourquoi donc ? répondis-je.

— Eh bien, dit-elle, il n'y a pas autant de monde qui passe, d'habitude, pas vrai ? Peut-être vont-ils le voir.

— Ça m'étonnerait. Ils ne font probablement que jeter un coup d'œil dans les environs, voilà tout.

Notre conversation fut interrompue par une violente rafale de vent qui ébranla la maison. La nuit promettait d'être difficile. Avec un sentiment proche de l'allégresse, j'écoutai le bruit familier des murs de fer-blanc qui craquaient et gémissaient sous l'assaut. D'ici une heure, on aurait l'impression que quelqu'un projetait du sable dessus. Voilà le genre de climat qu'il me fallait, et avec un peu de chance, il durerait des semaines, tout au moins le temps que Mary Petrie oublie son projet de modification de la cheminée.

Quand même, j'étais très troublé par l'hypothèse qu'elle avançait à propos de l'afflux soudain de nouveaux venus. Ces derniers mois, je m'étais efforcé de me sortir de l'esprit Michael Hawkins et sa vie prétendument formidable par-delà l'horizon. Il avait à présent fait son retour dans mes pensées, et cette fois pour y rester. Je me représentais ces gens pressant le pas vers l'ouest, dans l'après-midi, alors que manifestement le temps se dégradait. Il y avait quelque chose d'obstiné et d'imperturbable dans leur progression, perceptible même dans la patience dont ils avaient fait preuve en attendant le traînard. Quant à celui-ci, à l'entendre, il paraissait plus qu'impatient de les rejoindre.

Il y avait aussi le problème de Steve Treacle et de Philip Sibling. Ils avaient tous deux évoqué à plusieurs reprises une visite à Michael Hawkins, et je commençais à me demander si ce n'était pas là-bas qu'ils s'étaient rendus. À tout prendre, j'admettais cette possibilité, mais je trouvais un peu exagéré qu'ils aient également emporté leurs maisons.

Il me fut donné un autre sujet de supputation le lendemain quand le plus fort de l'orage fut passé. Étant sorti très tôt ce matin-là, la première chose que je découvris fut une nouvelle troupe au loin se dirigeant elle aussi vers l'ouest. J'eus la nette impression, sans savoir pourquoi, qu'elle faisait un large détour pour éviter ma maison. Cette prudence me convenait parfaitement, car je ne voulais pas voir d'étrangers passer par ici à toute heure.

Je ne m'en rendais pas compte, mais ça ne faisait que commencer. L'après-midi, je remarquai quelqu'un loin au sud, allant dans la même direction que les autres. Ces apparitions se répétèrent dès lors de plus en plus souvent. Presque tous les jours, quand Mary Petrie rentrait de sa promenade, elle signalait avoir vu passer de nouveaux voyageurs, parfois solitaires ou par deux, mais plutôt en groupe. Je les voyais moi aussi, et je trouvais que leurs mouvements étaient très intéressants à observer. C'était la façon qu'ils avaient de progresser qui me fascinait, toujours du même pas imperturbable, s'arrêtant rarement sauf pour attendre un retardataire, et ne changeant jamais de cap. C'était invariablement vers l'ouest.

Je remarquai aussi quelque chose d'autre. Ils marchaient souvent en file indienne, l'un derrière l'autre, et dans ces cas-là, je pouvais voir que nombre d'entre eux étaient chargés. À une telle distance je n'en avais pas la certitude, mais on aurait dit qu'ils portaient des morceaux de fer-blanc.

12

Je n'aimais pas beaucoup grimper sur le toit, si je pouvais faire autrement. Il était un peu trop haut pour moi, et en fait je n'y étais jamais monté auparavant. Quoi qu'il en soit, je me retrouvai un beau matin à déambuler sur le toit comme si j'avais fait ça toute ma vie. C'était en rapport avec la cheminée, bien sûr, et avec Mary Petrie qui affirmait qu'elle avait besoin d'être rallongée.

— Inutile maintenant, dis-je quand elle évoqua le sujet. Nous sommes quasiment en automne et nous n'allons plus ouvrir les volets jusqu'au printemps.

— Ah oui, et puis tu trouveras une nouvelle excuse pour reculer le moment de t'en occuper, répliqua-t-elle. Je veux que ce soit fait maintenant.

— Je n'ai pas d'échelle.

— Écoute ! aboya-t-elle. Tu veux que je monte là-haut et que je le fasse moi-même ?

— Non, non, fis-je. Je m'en occupe.

Je ne savais pas exactement comment j'allais m'y prendre pour allonger la cheminée, mais je me dis que si je montais sur le toit mener une inspection, au moins serait-elle satisfaite pendant ce temps-là. Puisque j'avais vu Simon, Steve et Philip grimper là-haut sans échelle, je savais que c'était possible. J'attendis néanmoins qu'elle soit partie se promener avant d'essayer. À ma grande surprise, je découvris que c'était très facile une fois négocié le passage de l'avant-toit, et à son retour, j'étais devenu un alpiniste accompli. Je m'assurai qu'elle me voyait à l'œuvre avec mon mètre, vérifiant la longueur de la cheminée par rapport à son diamètre, et prenant note de sa circonférence. Puis j'entrepris de redescendre, et je m'aperçus que je ne pouvais pas.

Elle était déjà entrée quand je fis cette découverte. Le problème, c'était que quand je faisais pendre mon pied par-dessus l'avant-toit, je ne trouvais de prise nulle part. Au même instant, je sentis mon corps se couvrir de sueur. Je m'assis pour essayer de recouvrer mon calme et deviner comment les autres y étaient parvenus si facilement. Et y pensant, je me rendis compte qu'ils avaient beaucoup plus d'expérience que moi, Steve surtout, qui n'avait cessé d'apporter des modifications à sa maison. J'avais besoin d'entraînement, voilà tout, donc au bout d'un moment je fis une nouvelle tentative. J'échouai. Dès que j'entamai la descente, les suées réapparurent et je me vis contraint de rebrousser chemin. J'étais sûr à présent d'être coincé.

C'est alors que je surpris du coin de l'œil des voyageurs au loin. Depuis plusieurs semaines, il était devenu tellement banal d'en voir que je leur aurais à peine accordé un deuxième regard si je les avais aperçus du sol. Mais du haut du toit, ils m'apparaissaient sous une perspective différente, et je m'attardai donc un peu à les observer. Assez longtemps en tout cas pour remarquer qu'ils ne se dirigeaient pas vers l'ouest, comme je m'y attendais, mais droit sur moi.

En scrutant plus attentivement, je vis qu'ils étaient trois, à la queue leu leu, marchant à l'allure régulière et obstinée que j'avais appris à reconnaître chez ces migrants. Pourquoi donc, me demandai-je, venaient-ils par ici ? J'étais sur le point d'appeler Mary Petrie pour la prévenir, quand quelque chose dans l'homme de tête attira mon attention. Au même moment, je constatai qu'il s'agissait de Simon Painter. Le suivaient Steve Treacle et Philip Sibling.

Découvrir mes anciens amis eut pour résultat de me faire bondir sur mes pieds, en oubliant tout de mon vertige, et de leur tourner le dos. Ils étaient assez loin pour que je puisse prétendre ne pas les avoir vus approcher, et j'extirpai le mètre de ma poche pour effectuer toutes sortes de mesures sur le toit. Je relevai, par exemple, les dimensions de l'avant-toit, sa hauteur par rapport à la gouttière, et la distance entre les pignons. Je continuai comme ça pendant une dizaine de minutes, en faisant attention à ne jamais diriger mon regard vers les visiteurs qui approchaient.

Pour finir, j'entendis la porte s'ouvrir au-dessous, et Mary Petrie qui s'exclamait.

— Simon ! s'écria-t-elle. Steve ! Philip ! Comme c'est gentil de passer !

Je pris un air étonné et je regardai derrière moi, m'attendant à trouver trois visages en train de m'observer. Ils étaient au contraire hors de vue, probablement regroupés autour de la porte d'entrée.

Me parvint un conciliabule de voix excitées, puis j'entendis Simon déclarer :

— Il est sur le toit, mais il ne nous a pas encore vus.

— Il va être enchanté de votre visite, répondit Mary Petrie. Vous lui avez terriblement manqué.

— Qu'est-ce qu'il fait là-haut ?

— Oh, il bricole en faisant semblant de mesurer la cheminée. Il va redescendre d'un moment à l'autre.

J'entendis le bruit d'une chaussure sur le sol, puis Steve apparut, arborant un large sourire.

— Comment se comporte la girouette ? cria-t-il.

— Très bien ! répondis-je. Elle ne s'est pas encore trompée.

— Parfait ! Alors, tu descends nous dire bonjour ?

Le ton de sa voix n'était pas du tout celui du Steve Treacle péremptoire et impatient auquel j'étais habitué. Je le qualifierais plutôt de « plus que chaleureux ». Il avait le sourire aux lèvres, ce qui je ne sais pourquoi fit naître en moi un sentiment de vulnérabilité, ainsi perché sur le toit.

— Je ne peux pas descendre ! m'entendis-je prononcer.

— Seigneur ! répondit-il. Ne bouge pas, je vais chercher de l'aide.

Sur ces entrefaites, les autres arrivèrent sur la scène porteurs de paroles de réconfort. Je ne voyais pas Philip, mais j'entendais qu'on escaladait le mur de fer-blanc et peu après son visage apparut près de moi.

— Ne t'inquiète pas, dit-il. Tu vas bientôt être tiré d'affaire.

Les minutes qui suivirent furent emplies d'un brouillard de mains secourables et d'instructions criées. C'est dans un état d'extrême faiblesse que je fus guidé jusqu'en bas, et je retrouvai enfin la terre ferme en vacillant sur mes pieds.

— Voyons, voyons, me dit Simon en posant son bras autour de mes épaules.

— Merci, marmonnai-je. J'ai bien cru que j'allais passer la nuit là-haut.

— Mais ça va mieux, maintenant, non ?

— Oh oui ! Mieux que jamais.

Mes sauveteurs ne prirent manifestement pas au sérieux ma timide tentative de prendre les choses à la légère. Au contraire, ils étaient tous là autour de moi à me demander comment je me sentais et si je ne voulais pas m'allonger un instant. Il m'apparut que cet incident faisait désormais de moi leur débiteur à tous trois, et mon sentiment véritable n'était pas le soulagement, mais l'irritation. Le leur montrer aurait toutefois été grossier, et dès que je me sentis mieux, je les conviai à entrer.

C'était la première fois que Simon, Steve et Philip prenaient place ensemble à ma table, et je ne pus m'empêcher de remarquer à quel point ils étaient détendus. On aurait presque cru qu'ils avaient passé des jours et des nuits à ne rien faire d'autre que discuter et apprendre à se connaître mutuellement. Cela, je l'imaginais sans peine venant de Simon, mais je ne l'aurais jamais pensé de la part de Philip. Néanmoins, il était plongé dans la conversation, parlant avec assurance à Mary Petrie. Quant à elle, elle avait l'air de trouver nos invités passionnants. J'aurais pensé qu'elle disparaîtrait à l'étage dès notre arrivée, mais au lieu de cela elle nous rejoignit dans la cuisine et se mit à poser des tas de questions.

— Alors, commença-t-elle, qu'est-ce qui nous vaut de vous revoir dans le coin ?

— On peut dire que nous sommes en mission, en réalité, répondit Philip.

— En mission ?

— Oui, dit-il. Une tâche importante nous attend.

— Ne me dites pas que vous êtes venus réparer la cheminée.

— Pas à l'origine, non.

Philip se tourna vers Steve, lequel dardait sur moi un regard insistant.

— C'est pour ça que tu étais perché sur le toit ? me demanda-t-il.

— En quelque sorte, répondis-je. En fait, je ne faisais que jeter un coup d'œil. Nous pensons que la cheminée a besoin d'être allongée.

— Je vois.

— J'imagine que vous ne sauriez pas vous y prendre, si ?

Je posai la question de la façon la plus dégagée possible, parce que je ne voulais pas que Steve croie que je puisse avoir besoin de lui de quelque manière que ce soit. Un long silence précéda sa réponse, pendant lequel je me rendis compte qu'il avait perdu l'habitude de pianoter sans cesse sur la table.

Au contraire, il se tenait calme et immobile sur sa chaise, en face de moi, les mains posées devant lui sur la table. Puis, enfin, il parla.

— Je ne peux pas le faire à ta place, dit-il. Je peux seulement te montrer comment faire.

Simon et Philip, assis de part et d'autre, semblaient approuver chacune de ses paroles. Leurs yeux étaient braqués sur moi, et j'avais l'impression d'être mis en demeure d'accepter une offre généreuse, quoique non spécifiée. À ce moment-là, je remarquai que Mary Petrie dévisageait nos visiteurs avec stupéfaction.

— Oh, dis-je, pas de problème, j'apprends vite.

Steve hocha solennellement la tête.

— Est-ce que tu as des pièces de fer-blanc à ta disposition ? demanda Philip.

— Non, désolé, je n'en ai pas.

Il parut sincèrement surpris.

— Comment, pas du tout ?

— Non.

— Mais si quelqu'un venait t'en demander ? demanda Simon. Comment ferais-tu ?

— Je ne sais pas.

— Ce n'est jamais arrivé ?

— En fait, non, jamais.

Mary Petrie dut s'apercevoir que la conversation commençait à m'agacer, car elle se leva tout à coup et dit :

— Je suppose qu'aucun d'entre vous n'a mangé ?

— Pas depuis un bon moment, dit Steve.

— Bien, déclara-t-elle. Je prépare quelque chose.

— C'est très gentil, fit remarquer Simon. Merci.

L'ambiance conviviale précédente revint rapidement autour de la table, et ils arrêtèrent pour l'instant de m'interroger au sujet des pièces de fer-blanc. Puis je me remémorai une question personnelle.

— Au fait, Simon, dis-je. Comment t'es-tu débrouillé quand il a fallu remonter la maison ?

Ces mots provoquèrent entre eux trois un échange de regards et de sourires. À première vue, ma question avait réveillé de bons souvenirs communs.

— Oh, une vraie catastrophe ! répondit Simon. Aucune des pièces ne s'emboîtait correctement.

— C'est ma faute, bien sûr, ajouta Steve. On ne pouvait pas distinguer le toit des murs, la façade de l'arrière, ni rien. C'était un vrai massacre, une fois terminé.

Il avait rosi légèrement et arborait un sourire modeste, comme s'il se souvenait avec plaisir de quelque bêtise passée. Le contraste avec l'assurance péremptoire qu'il affichait un instant plus tôt était complet, et je n'y comprenais rien. Pendant ce temps, les deux autres paraissaient particulièrement réjouis que l'affaire de la maison de Simon ait à ce point tourné en eau de boudin.

Ils échangèrent à nouveau un sourire, puis Philip prit la parole :

— Heureusement pour nous, Michael Hawkins avait la solution.

Un murmure d'assentiment s'éleva de ses camarades, et je remarquai du coin de l'œil que Mary Petrie m'observait.

— Ah bon ? réussis-je à prononcer.

— Oh oui ! déclara Simon avec enthousiasme. Michael a bâti lui-même sa maison en fer-blanc, tu comprends, et il savait donc s'y prendre. En suivant ses instructions, nous avons simplement mis la mienne en pièces et l'avons remontée entièrement.

— Un coup de chance, dis-je.

— Oh, c'était plus que de la chance ! dit Steve. Michael a beaucoup d'expérience, car ça fait longtemps qu'il vit là-bas. Il a étudié la configuration du sol, il sait de quel côté le vent souffle, et quand le soleil va se lever et se coucher. Il nous a indiqué le meilleur endroit où bâtir nos maisons.

— Vous vous êtes donc tous installés là-bas, c'est ça ?

— Nous et beaucoup d'autres.

— Juste pour être à côté de ce Michael Hawkins ?

— Oui, dit-il. Et nous aimerions que tu nous rejoignes.

— Moi ?

— Eh bien, vous deux, en fait.

Le regard de Steve incluait à présent Mary Petrie.

— Michael l'a expressément demandé.

— Mais alors, pourquoi n'est-il pas venu nous le demander lui-même ?

— Parce qu'il est bien trop occupé.

— À quoi donc ?

— Il est en train de créer un cañon pour que nous nous y installions tous.

13

Tout à coup, j'eus l'impression que quelqu'un avait tiré un levier caché et ouvert une trappe sous mes pieds. Seule Mary Petrie connaissait mon rêve frustré de vivre dans un cañon, et je lui faisais confiance pour n'en avoir parlé à personne. Et voici que ce parvenu, ce Michael Hawkins, se moquait de moi par-delà l'horizon en m'envoyant ses trois messagers. Qu'avait-il donc de si particulier, me demandai-je, pour qu'ils viennent s'agglutiner autour de lui ? Enfin quoi, il logeait simplement dans une maison en fer-blanc, comme moi. Sous prétexte qu'il connaissait un truc ou deux pour prévoir le temps et qu'il savait assembler quelques pièces disparates, ils parlaient de lui avec des trémolos dans la voix, comme s'il avait quelque chose de somptueux à leur offrir. Et maintenant, à les écouter, ses compétences infinies comprenaient même la création d'un cañon !

— Comment ça, tout seul ?

— Oh non ! répondit Steve. Il va falloir beaucoup de main-d'œuvre pour mener à bien un tel chantier.

— C'est bien ce que je pensais.

— Alors, vous venez avec nous ? demanda-t-il.

— Eh bien, je…

— Michael peut réaliser de grandes choses avec des amis tels que nous pour l'assister ! déclara Simon avant que j'aie pu m'exprimer. L'emplacement de ta maison est d'ores et déjà réservé, si ça t'intéresse, et des tas de gens ont hâte de faire ta connaissance.

Pendant cette discussion, Mary Petrie était restée silencieuse. Je savais tout de même, par les coups d'œil occasionnels qu'elle lançait dans ma direction, qu'elle n'en perdait pas une miette. À présent, tandis que Simon, Steve et Philip attendaient une réponse comme des mendiants, elle s'adressa directement à moi :

— Ça ne va pas être une sacrée affaire de tout déménager ? demanda-t-elle.

Elle ne prononça pas un mot de plus, mais j'eus immédiatement le sentiment que le verdict avait déjà été prononcé.

En regardant ses tableaux aux murs, sa porcelaine dans la cuisine et ses bouquets de plantes sèches soigneusement ordonnés, je me rendis compte que je ne parviendrais jamais à la faire bouger d'un pouce, surtout pour la destination incertaine d'un cañon pas terminé.

Puis elle servit des rafraîchissements à nos invités pendant que j'expliquais que nous devions décliner leur proposition pour des raisons qu'ils comprendraient certainement. Steve répondit qu'il s'exprimait au nom de tous en disant qu'il était profondément déçu de notre décision de ne pas les rejoindre. Quoi qu'il en soit, ajouta-t-il, elle nous appartenait, et si nous changions d'avis nous n'avions qu'à faire route plein ouest et nous trouverions facilement le chemin.

Ils s'en allèrent peu après, saluant à distance Mary Petrie qui s'était retirée à l'étage pour la soirée.

Je les regardai s'éloigner dans la pénombre en me demandant si je n'aurais pas dû leur proposer le gîte pour la nuit au lieu de les laisser partir ainsi. Je savais pertinemment que ç'aurait été peine perdue. Tout ce qu'ils désiraient, c'était rejoindre le plus vite possible Michael Hawkins, même s'ils s'en retournaient bredouilles.

Il était évident que pour eux il était le centre de leur existence.

Grand bien leur fasse, alors ! Je n'avais aucune intention de vivre sous la coupe de quelqu'un, même s'il construisait un cañon ! Vraiment, plus j'y pensais, plus tout cela m'apparaissait absurde. Il se prenait pour qui, exactement, en s'attelant à une tâche pareille ?

Non, décidément, ce n'était pas réalisable.

— Il lui faudrait des centaines de personnes, voire des milliers, expliquai-je à Mary Petrie quelques jours plus tard. Tous correctement encadrés et poursuivant le même objectif. Comment pourrait-il faire ? C'est impossible.

— Ah bon ? dit-elle.

— Mais oui, répondis-je. Il y a des limites à ce qu'un homme peut faire, et j'ai peur que notre ami Michael Hawkins se soit surestimé.

— Tu crois ? dit-elle.

— J'en suis sûr.

À ma grande surprise, Mary Petrie se leva et se dirigea vers la porte.

— Bon, déclara-t-elle, je reconnais que j'ai commis une erreur.

— Une erreur ? lui demandai-je. Qu'est-ce que tu veux dire ?

— Je me suis trompée en te poussant à refuser, répondit-elle. Il faut te rendre à ce cañon, tout compte fait.

— Mais je croyais que tu ne voulais pas bouger d'ici, dis-je. C'est pourquoi j'ai congédié Steve et les autres.

— Non, je ne veux pas bouger, je suis bien installée ici. Ce qui ne t'interdit pas d'aller là-bas jeter un coup d'œil.

— Oh, tout va bien. Ça ne m'intéresse pas vraiment.

— Alors comment se fait-il que tu rumines ça jour et nuit ?

— Première nouvelle.

— Eh bien, si ! aboya-t-elle. Je te le dis, tu ne parles pas d'autre chose depuis que ces trois-là sont partis ! Tu en causes même dans ton sommeil, et si tu ne sais pas pourquoi, moi, je vais te l'apprendre ! C'est parce que tu as eu de grandes ambitions autrefois ! Souviens-toi ! Tu voulais parcourir le monde pour dénicher un immense cañon rouge, loin de tout et désert, où tu te serais installé dans une maison construite entièrement en fer-blanc. Tu m'as tout raconté par le menu. Aucune autre vie ne te conviendrait, m'as-tu appris, et aujourd'hui tu te trouves prisonnier d'une plaine monotone et sans âme ! Et puis tu as entendu parler d'un homme qui créait l'endroit exact dont tu parlais, et tant que tu sauras qu'il en existe un là-bas, tu ne seras jamais satisfait.

Mary Petrie ouvrit la porte à la volée.

— Vas-y ! ordonna-t-elle. Va voir toi-même !

Je venais de m'en aller quand elle s'empara du marteau et se mit à taper sur une casserole. Je pouvais encore percevoir les sons métalliques à plus de six cents mètres de là. À cette distance, ils me rappelaient le carillon de la cloche de Simon Painter, mais ils ne possédaient pas cette tonalité désespérée qui m'était encore si familière un an auparavant. Ils m'envoyaient un message simple et sonore : « Je vais réparer la cheminée moi-même, que tu le veuilles ou non ! »

En cheminant vers l'ouest, je songeai à Mary Petrie et me souvins à quel point elle paraissait désarmée à son arrivée. Elle avait apporté avec elle un monde qui tournait autour d'une malle, d'un miroir et d'une valisette, et elle ne connaissait rien de la vie dans une maison en fer-blanc. Le son du marteau, s'évanouissant dans mon dos, était la preuve qu'elle était devenue à présent compétente en la matière.

Le vent soufflait fort ce jour-là et des vagues de sable ridaient la surface de la plaine. Ça ne suffisait pourtant pas à effacer les innombrables traces de pas que je rencontrais. Je n'arrêtais pas de tomber dessus, toutes résolument dirigées vers l'ouest. Je dépassai les endroits où avaient naguère résidé Simon, Steve et Philip, puis je m'enfonçai dans l'arrière-pays, ne sachant pas du tout ce qui m'attendait.

Les traces de pas s'étaient à présent rejointes pour former des chemins plus visibles, et je remarquai qu'une fois réunies elles ne se séparaient plus. Après avoir marché un moment, je me mis à souhaiter apercevoir à gauche ou à droite de la piste s'éloigner des empreintes, qui auraient fait le choix d'un autre chemin au lieu de suivre bêtement la foule. Je n'en trouvai aucune.

En même temps, je dois avouer que mon excursion présentait beaucoup d'intérêt. Je m'arrêtai à maintes reprises pour examiner les endroits où différentes pistes convergeaient, et chaque fois je tentais de déterminer si les gens voyageaient seuls ou en groupe, et même s'ils étaient chargés.

Ceux qui l'étaient, me disais-je, auraient eu le pas plus lourd.

L'après-midi tirait à sa fin. Je me souvins que Simon avait parlé de cinq heures pour se rendre chez

Michael Hawkins. Si tel était le cas, je jugeai que je devais me trouver dans les parages, et je m'arrêtai donc et examinai les environs. La journée avait été méchante et venteuse, avec un ciel gris qui commençait à s'assombrir au nord. À l'ouest, cependant, la lumière persistait, et en scrutant je discernai l'éclat terne et caractéristique d'une maison en fer-blanc.

Au même moment, mon regard surprit une lueur similaire légèrement à gauche de la première. Soupçonnant ma vue de me jouer des tours dans le jour finissant, je clignai une ou deux fois des yeux. Quand je recommençai, je découvris un nouveau miroitement un peu plus loin. J'en étais à présent certain. Là-bas, à environ un kilomètre et demi, il y avait au moins trois maisons, peut-être plus, toutes construites en fer-blanc. Dans la lumière rasante du crépuscule, j'essayai de les compter. J'en dénombrai cinq, cette fois, puis une lueur supplémentaire émergea de la pénombre, ce qui en faisait six.

— Après vous, je vous en prie, prononça une voix derrière moi.

Surpris, je me retournai rapidement pour découvrir un homme qui avançait sur le chemin que j'avais pris. Il portait un sac et s'était adressé à moi cordialement, alors que je ne l'avais jamais vu auparavant.

— Pardon ? demandai-je.

— Après vous, je vous en prie, répéta-t-il.

— Comment ça ?

— Enfin, vous voyez, dit-il. Achever le voyage. Franchir la dernière marche, tout ça. Je suis sur le point d'accomplir la même chose.

— Oh, je vois !

— Vous savourez le moment, pas vrai ?

— En quelque sorte.

— C'est bien ce que je pensais. Au fait, je m'appelle Patrick Pybus. Ça fait une heure que je vous suis et j'ai remarqué que vous marchiez très lentement. Vous vous arrêtiez tout le temps pour observer les traces de pas. Voilà pourquoi je vous ai rattrapé si facilement. Puis vous êtes resté ici cinq minutes sans du tout bouger.

— En effet, dis-je. J'étais en train de regarder tout ça.

J'indiquai la direction des maisons en fer-blanc et me rendis alors compte qu'il n'y avait à présent plus rien à voir, l'obscurité ayant envahi la plaine. Mais Patrick Pybus parut comprendre parfaitement de quoi je voulais parler.

— Merveilleux, non ? s'écria-t-il. Ça fait des années que j'en rêve et j'y arrive enfin ! Quel bonheur ! Il me tarde de prendre place à côté d'un poêle au cœur de la nuit, d'écouter le vent jouer dans les chéneaux, les quatre murs grincer et gémir ! Tenez, j'aimerais vous montrer quelque chose.

Il fouilla dans son sac et en sortit une grande feuille de papier qu'il déplia avec précaution. Je l'examinai dans la pénombre et distinguai le croquis d'une maison en fer-blanc. Elle avait été très correctement dessinée, avec les mesures et tout le reste, et ressemblait fort à la mienne. En y regardant de plus près, cependant, je jugeai que ça ressemblait plus à celle de Simon.

— Très joli, dis-je. C'est là-dedans que vous comptez habiter ?

— Quand elle sera construite, oui.

— Mais alors, n'auriez-vous pas dû apporter de la tôle avec vous ?

— J'ai des amis qui me suivent, dit-il. Ils ont la tôle.

— Après, ils feront demi-tour ?

— Non, ils vont rester.

— Et leur propre tôle, alors ?

— Leur propre tôle ?

— Oui, dis-je. S'ils transportent la tôle de votre maison, ils ne peuvent pas se charger de la leur, pas vrai ?

— Oh non ! Ça ne se passe pas comme ça. Nous allons partager.

— Partager ? Comment ça, tous dans la même maison ?

— Oui, bien entendu. Pourquoi pas ?

— C'est que… prononçai-je avant de laisser tomber. Un seul regard à Patrick Pybus me convainquit qu'il serait futile d'expliquer les subtilités de la vie dans une maison en fer-blanc. Il était bien trop enthousiaste pour comprendre la nécessité essentielle d'être seul, et à des kilomètres du premier voisin. Peut-être apprendrait-il avec le temps, et il y aurait suffisamment de place dans cette plaine vaste et déserte pour un tas de maisons en fer-blanc. Mais je ne voulais pas refroidir son ardeur.

— Eh bien, bonne chance, lui dis-je.

— Vous de même, répondit-il. Alors, on y va ?

— Non, partez devant si vous voulez. Je crois que je vais rester ici encore un peu.

— Vous avez raison, dit-il. Au plaisir.

J'observai Patrick Pybus s'évanouir le long de la piste, puis le suivis d'un pas plus paresseux, n'étant pas aussi pressé que lui. À la vérité, j'avais été passablement effrayé à la vue de toutes ces maisons en fer-blanc. J'avais le sentiment que celles que j'avais dénombrées étaient seulement l'avant-garde de beaucoup d'autres, à en juger par la multitude de traces de pas allant dans cette direction. C'est vrai, il se pouvait que les nombreux voyageurs que nous avions aperçus durant l'année se soient dispersés vers des destinations très différentes. En l'occurrence, cependant, je les soupçonnais de tous graviter vers le même endroit. Ce qui me conduisit à me demander comment j'allais pouvoir faire face une fois là-bas. J'étais habitué à vivre seul, avec Mary Petrie pour seule compagnie. La perspective de tous ces gens qui attendaient à moins de deux kilomètres avait vraiment de quoi me décourager, c'est pourquoi je pris mon temps.

Un autre problème, c'était l'endroit où j'allais passer la nuit. Aucun doute que Simon, Steve ou Philip m'accueilleraient de bonne grâce, encore fallait-il que je trouve la maison de l'un d'eux. J'approchais à présent de la demi-douzaine déjà repérées, mais je ne savais pas si l'une d'entre elles appartenait à mes amis. Avant, je reconnaissais toujours la maison par sa simple localisation. Simon habitait à l'ouest de chez moi, par exemple, alors que Steve était à l'ouest-nord-ouest de chez lui. Ici, toutes les maisons étant voisines les unes des autres, il était difficile de les distinguer. Certes, elles présentaient de légères différences, les unes plus hautes que d'autres, ou avec des pignons particuliers. Pour l'essentiel, cependant, elles se ressemblaient toutes. Chacune était construite entièrement en fer-blanc.

La lune faisait à présent quelques apparitions furtives au milieu des nuages, et comme mes yeux s'accoutumaient à sa pâle clarté, je distinguai plusieurs toitures devant moi. Je m'engageai entre les premières maisons, et je remarquai que les volets étaient tous hermétiquement clos, ainsi que les portes. Je constatai avec plaisir que cette tradition avait été préservée dans ce qui était à la base un peuplement nouveau. J'avais jusqu'à présent pensé que les immigrants seraient du genre à vouloir ouvrir leurs volets par tous les temps. Au contraire, ils avaient à première vue plus de jugeote. À cette heure de la soirée déjà, le sable avait commencé à s'amonceler contre les murs de fer-blanc, mais il paraissait improbable qu'il puisse pénétrer dans les habitations. Je m'arrêtai près de l'une d'elles et dressai l'oreille. Je distinguai le bruit d'une conversation étouffée à l'intérieur. Quelqu'un chantait, aussi. Je passai mon chemin.

La distance entre les maisons n'était pas régulière, et leur disposition ne donnait pas non plus l'impression de suivre un plan déterminé. À l'inverse, il y avait des rangées qui partaient dans toutes les directions, pêle-mêle, comme si chaque maison avait été ajoutée l'une après l'autre. Je me rappelai la réflexion de Philip, à propos de Michael Hawkins qui leur avait montré où bâtir leur logis, et je tentai de déterminer la logique de l'ordonnancement. La seule chose que je constatai avec certitude, c'est qu'elles étaient toutes très proches les unes des autres, mais je n'en voyais pour l'instant pas du tout la raison.

Le problème de déambuler ainsi dans le noir, c'est qu'il me fut facile d'oublier le chemin par lequel j'étais arrivé. Je savais que j'avais tourné à droite après une maison pourvue de quatre volets sur la façade et deux sur les côtés, et que j'en avais ensuite dépassé une autre dont le toit était particulièrement pentu. Pourtant, lorsque je retournai sur mes pas pour me repérer, je n'en retrouvai aucune. En continuant encore, je tombai sur une bifurcation que je n'avais pas remarquée auparavant. Je l'empruntai.

Puis, venant de quelque part sur ma gauche, j'entendis le faible tintement d'une cloche. J'aurais reconnu ce bruit n'importe où, et je me retrouvai rapidement devant la maison de Simon Painter. Ni ballon suspendu dans l'air au-dessus, ni hampe de drapeau sur le toit. Néanmoins, j'étais certain d'être au bon endroit. La cloche pendait à un crochet à côté de la porte, se balançant doucement dans la brise et sonnant de temps à autre. J'étais sur le point de m'annoncer quand un éclat de rire me parvint de l'intérieur. Il provenait de plusieurs voix, parmi lesquelles je reconnus celle de Simon. Les autres appartenaient à des femmes. Je patientai et entendis Simon dire quelque chose, ce qui provoqua encore des rires.

Ils avaient l'air de bien s'amuser là-dedans, et j'avais des scrupules à les déranger. Mais, à ce moment, la porte s'ouvrit et une souriante jeune femme apparut. Quand elle me découvrit là, à moitié dissimulé dans l'ombre, elle ne parut pas du tout étonnée.

— Simon ! lança-t-elle. Nous avons un visiteur !

— Entrez ! l'entendis-je crier. Entrez ! Qui que vous soyez !

La jeune femme se rendait apparemment quelque part. Elle sourit en me tenant la porte.

— Merci, bredouillai-je.

— De rien, répondit-elle avant de s'évanouir dans l'obscurité.

J'hésitai encore quelques secondes, puis je franchis le seuil.

14

Quand je fis mon apparition, Simon était à moitié levé derrière une table, autour de laquelle étaient assis quatre femmes et un autre homme.

— Salut ! mugit-il. Tu t'es enfin décidé à nous rejoindre !

— Eh bien oui, répondis-je. Je me suis dit que j'allais quand même venir jeter un coup d'œil.

— Parfait ! Parfait ! Michael va être tellement content de te rencontrer !

Succéda alors un tourbillon de salutations, de mains serrées et de présentations tandis que je faisais connaissance avec le reste de l'assemblée, et tous semblaient savoir que j'étais un ex-voisin de Simon. Comme je n'étais pas habitué à frayer avec autant de monde d'un coup, les noms qui m'entraient par une oreille avaient tendance à ressortir directement par l'autre. Ils me traitèrent néanmoins comme un vieil ami perdu de vue. Je me retrouvai vite avec un verre dans la main, installé à une place d'honneur à la table. Simon se mit aussitôt à raconter son histoire, comment la maison avait été démantelée pendant son absence, et comment j'étais allé lui porter assistance. Il décrivit son désespoir quand il avait découvert les éléments de tôle entassés les uns sur les autres, sa vie d'avant réduite de ce fait à une énigme absurde. Et, bien sûr, nous eûmes droit à l'épisode final, celui où Michael Hawkins était arrivé et avait tout remis d'aplomb. Il m'apparut rapidement que Simon était un raconteur réputé au sein de ce nouveau cercle d'amis, et je fus impressionné par la façon qu'ils avaient de l'écouter religieusement, buvant chacune de ses paroles. N'empêche, j'étais légèrement déconcerté par ce qu'il m'avait dit plus tôt, à savoir que Michael serait content de me rencontrer, comme si cela avait une signification spéciale. S'il m'avait dit : « *Je suis* tellement content de te voir » ou : « *Steve va être* tellement content de te voir », alors j'aurais parfaitement compris la réflexion. Au lieu de quoi, on aurait dit que seul comptait ce que pensait ce Michael Hawkins, et je me demandais pourquoi Simon se rabaissait à ce point. Reste que ce n'était ni le lieu ni le moment de s'appesantir sur de telles questions. L'assemblée était plus qu'acceptable, et je n'avais rien à y redire. Au contraire, en fait. Pendant le discours de Simon, je m'aperçus peu à peu que j'étais l'objet d'une attention assez soutenue de la part d'une des femmes. Elle me lança à plusieurs reprises des regards significatifs et souriait chaque fois que le récit me concernait. Quelque chose me disait qu'elle s'appelait Jane, qui avait été un des noms lancés lors des présentations, mais je n'en étais pas certain. Je me dis que, pour l'instant, je n'avais qu'à faire semblant de connaître son nom, et que je verrais bien comment les choses tourneraient. À en juger par les coups d'œil qu'elle m'envoyait, les perspectives s'annonçaient prometteuses.

Pendant ce temps, le récit de Simon touchait à sa fin.

— Nous pouvons maintenant bâtir une maison de fer-blanc les yeux fermés, conclut-il. Mais bien sûr, ça aide s'ils restent ouverts !

S'ensuivit un éclat de rire général, et ce qui me frappa, c'est que la faconde de Simon contrastait fortement avec l'attitude inquisitoriale qui caractérisait auparavant ses conversations. Je me souvenais de lugubres après-midi, quand il me harcelait pour savoir si j'avais vu Steve ou eu des nouvelles de Philip, et j'en conclus que le Simon nouveau montrait une nette amélioration. Si seulement il arrêtait un peu avec son Michael Hawkins ! Il y était encore quelques minutes plus tard quand la femme qui m'avait ouvert reparut.

— Peut-être que Michael va venir nous rendre visite demain, déclara-t-elle. Je viens de voir Philip, qui m'a dit que c'était assez probable.

Ses yeux brillaient tandis qu'elle parlait, et je sentis un mouvement d'enthousiasme parcourir la tablée.

— Oh, c'est formidable ! dit Simon. Il a précisé quand exactement ?

— Non, rien n'est certain, répondit la femme. Tout dépend de l'état d'avancement du cañon.

— Bien sûr, je comprends, prononça-t-il d'une voix presque inaudible.

— Et comment va Philip ? lui demandai-je, mais il parut à peine entendre.

— Le labeur de Michael ne cesse jamais ! dit-il. Jour après jour, il dirige les opérations dans le cañon ! Il est déjà plus large et plus profond que ce que nous aurions jamais pu imaginer, et pourtant il continue ! Nous l'implorons de se reposer, de venir faire une pause chez nous. Mais non, il ne songe qu'à travailler. Ceux d'entre nous qui l'aident s'efforcent de le soulager de son fardeau, mais en fin de compte, la décision d'arrêter n'appartient qu'à lui seul. Les nouvelles que Philip nous annonce sont très encourageantes !

La femme vint nous rejoindre à la table, ce qui fit que nous dûmes nous déplacer un peu. On la présenta sous le nom de Sarah, et elle se mit à exposer à tout le monde les dernières informations concernant Michael Hawkins et son éventuelle prochaine visite. Pendant ce temps, je me retrouvai à nouveau observé avec insistance par l'autre femme, celle qui m'avait prêté tant d'attention quelques instants auparavant. À côté d'elle était assis le seul homme présent à part Simon et moi. Il était penché en arrière, scrutant intensément le plafond comme s'il l'examinait avec minutie. La conversation finit par tomber pour se muer en un « chut » respectueux, et il sortit enfin de son mutisme.

— Écoutez ça, dit-il, les yeux toujours fixés sur le plafond. Vous l'entendez ?

Seul était perceptible le bruit du vent jouant sous l'avant-toit. Je l'avais entendu un bon millier de fois dans mon propre coin de plaine, et à présent j'étais sommé de l'écouter comme si c'était la première fois de ma vie.

— Ah oui, dis-je. Le vent.

— Ce n'est pas merveilleux ? demanda Sarah d'une voix exaltée.

Tandis que nous nous tenions tous la tête légèrement inclinée de côté, il me vint à l'esprit que ce devait être aussi une idée de Michael Hawkins. Heureusement, cela ne dura pas très longtemps, et je fus agréablement surpris quand mon admiratrice posa soudain son regard sur moi et prit la parole.

— C'est un peu la foule ici, déclara-t-elle. Si tu venais chez moi jeter un coup d'œil ?

— Euh, dis-je, j'aimerais bien, mais… euh… ça ne te dérange pas, Simon ?

— Pas du tout, répondit-il avec un haussement d'épaules bienveillant. Va où tu seras le mieux.

— Je n'ai pas encore vu Steve et Philip, lui fis-je remarquer.

— Ne t'en fais pas pour ça, nous avons tout le temps.

— On y va ? dit la femme.

Nous sortîmes dans l'obscurité et, peu après, elle me prit par la main.

— C'est difficile de s'y retrouver quand on vient ici pour la première fois, expliqua-t-elle. Mais c'est très facile quand on est habitué.

Je me serais certainement perdu sans elle pour me guider. On ne voyait âme qui vive aux alentours, et il y avait des maisons de fer-blanc partout où nous tournions, toutes avec leurs volets fermés pour la nuit. La plupart étaient silencieuses, car il était tard, mais nous pouvions distinguer des murmures étouffés dans certaines d'entre elles.

— Tu t'appelles bien Jane ? demandai-je.

— Oui, répondit-elle. Jane Day.

— Tu es ici depuis longtemps ?

— Oh, je suis arrivée il y a peu ! J'ai été entraînée par les autres.

— Et tu envisages de rester ?

— Bien sûr ! dit-elle. Je veux découvrir ce que c'est que de vivre dans une maison de fer-blanc ! Tu dois en savoir plus long sur le sujet que la plupart des gens, n'est-ce pas ?

— Je suppose, oui.

— Eh bien, si tu as quelque chose à m'enseigner, je serai ravie d'apprendre !

Tandis que nous marchions, je me débrouillai pour l'observer à la dérobée une ou deux fois dans le clair de lune. J'essayais de déterminer ce qui me plaisait tant en elle. Je dois avouer que ses charmes n'étaient pas supérieurs à ceux de Mary Petrie. Ils étaient différents, c'est tout.

Au bout d'un certain temps, nous mîmes le cap sur une maison précise, au lieu de nous balader. Je scrutai l'obscurité et découvris une maison de fer-blanc plutôt typique, sans caractéristiques inhabituelles.

— C'est celle-là ? lui demandai-je.

— Oui, dit-elle. Qu'en penses-tu ?

— Elle me paraît bien.

— Tu as touché les murs ?

— Non.

Elle sourit.

— Eh bien, vas-y.

Je posai ma main contre la tôle et reconnus aussitôt la froideur du métal. C'était exactement la même chose que les murs de ma propre habitation, à des kilomètres de là. Pour une raison quelconque, ce contact provoqua en moi un sentiment de culpabilité, et je dus lutter un bon moment avant de le dominer.

— Nous entrons ? proposai-je.

La première chose que je remarquai, c'était que l'intérieur était l'exacte réplique de celui de la maison de Simon. Une table dans la cuisine, avec quatre ou cinq chaises disposées autour, et dans le coin un poêle qui rougeoyait vivement. Même le conduit de cheminée traversait le toit au même endroit. Une cafetière était posée sur le poêle.

— Ah, bien, dit Jane. Alison doit être rentrée.

— Qui est Alison ? demandai-je.

Des pas se firent entendre dans l'escalier, et quelques secondes plus tard, une femme apparut. Je la reconnus immédiatement. Elle faisait partie du trio que j'avais croisé lorsque j'étais allé récupérer le panier là où s'élevait la maison de Simon.

— Oh, c'est vous ! dit-elle en me voyant. J'ai entendu dire que vous viendriez peut-être.

— Vous vous êtes déjà rencontrés ? demanda Jane.

— Juste une fois, répliqua-t-elle.

Je me souvins que cette Alison s'était montrée agressive lors de notre premier face-à-face. Hostile, même. Quelque chose me disait qu'elle habitait ici en permanence, et, par la même occasion, je compris que je n'allais pas passer la nuit seul avec Jane. Quant à elle, elle ne s'était absolument pas rendu compte de la fraîcheur de l'accueil qu'Alison me réservait.

— Il est venu voir notre maison en fer-blanc, expliqua-t-elle.

— Ah bon ? dit Alison. Comme c'est gentil !

— Je peux retourner chez Simon si vous voulez, dis-je.

— Non, ça ira, répondit-elle sur un ton résigné. Maintenant que vous êtes là, autant vous mettre à l'aise.

Il apparut que Jane m'avait vraiment invité pour discuter de maisons en fer-blanc. Durant l'heure qui suivit, elle m'interrogea sur des sujets tels que la meilleure saison pour ouvrir et fermer les volets, ou la force du vent susceptible de faire grincer et gémir les murs. Tandis que nous discutions, j'eus la forte impression qu'elle connaissait la plupart des réponses, mais qu'elle brûlait d'approfondir la question. Toutefois, bizarrement, plus elle se passionnait, moins je montrais d'intérêt. En réalité, son enthousiasme me portait sur les nerfs, et je fus par conséquent soulagé par l'intervention d'Alison.

— Tu ne crois pas que c'est assez pour ce soir ? dit-elle. Notre invité doit être fatigué.

— Oh, je suis vraiment désolée ! s'exclama Jane en sautant sur ses pieds. Tu dois me trouver très impolie.

— Non, non, répondis-je. J'ai passé une soirée formidable.

Sur ces mots, elle se mit à s'affairer pour m'installer un endroit où dormir. Ce n'était pas exactement ce que j'avais envisagé quand j'avais accepté son invitation, mais j'étais à présent tellement fatigué que je ne m'en souciais plus. Dix minutes plus tard, j'avais pris place dans un lit de camp au rez-de-chaussée, et les femmes étaient montées à l'étage. À bien des égards, j'étais comme dans ma propre maison lors d'une des rares nuits où, pour des raisons non révélées, Mary Petrie m'avait chassé de l'étage. Je pensai à elle en écoutant les pas étouffés sur le plancher au-dessus de moi, puis je sombrai dans le sommeil.

À un moment donné, au cœur de la nuit, le bruit de la porte que l'on ouvrait et de gens qui entraient me réveilla. Ils n'étaient ni bruyants ni importuns, et ils se dispersèrent rapidement dans différents coins de la maison, sauf un qui resta en bas. J'entendis qu'on installait un sac de couchage dans le noir, et pensai qu'il serait courtois de faire connaître ma présence. L'inconnu semblait tâtonner, comme s'il ne connaissait pas la disposition des lieux, ce qui me donna l'occasion de prendre la parole.

— Vous voulez un coup de main ? demandai-je doucement.

L'autre hoqueta de surprise, puis répondit.

— Non merci, ça va.

— C'est Patrick Pybus ?

— Oui, dit-il. Vous êtes celui que j'ai croisé en venant ici ?

— C'est ça. Comment s'est passée votre soirée ?

— Très bien, merci. Je m'en suis tiré à merveille, on dirait. J'ai déjà rencontré deux amis à vous, Steve Treacle et Philip Sibling, et c'est grâce à eux qu'on m'héberge ici cette nuit. (Il baissa la voix.) Les filles sont toutes très amicales, n'est-ce pas ?

— La plupart du temps, oui, dis-je. Qu'est-ce qu'ils fabriquent, Steve et Philip ?

— Ils prêtent main-forte à Michael Hawkins au cañon. Je vais le voir demain. Vous l'avez déjà rencontré ?

— Non, je n'ai pas eu ce plaisir.

— Moi non plus, mais il me tarde vraiment. Tout le monde dit qu'il accomplit un travail formidable là-bas et qu'il sait tout faire. Vous le savez déjà, d'ailleurs, je n'ai pas besoin de vous le dire.

Patrick parlait à présent en chuchotant, comme, avais-je remarqué, faisaient les gens en évoquant Michael Hawkins. Un silence attentif tomba tandis que ses mots prenaient sens.

— Moi ? dis-je enfin.

— Oui, répondit-il. Après tout, c'est Michael qui a construit votre maison, pas vrai ?

15

Patrick avait prononcé ces paroles comme si elles étaient une vérité gravée dans le marbre.

— Qui vous a raconté ça ? lui demandai-je.

— Plusieurs personnes, dit-il. Vous ne le saviez pas ?

— Non, pas du tout.

— L'histoire, c'est que Michael a commencé à la construire il y a longtemps, quand il cherchait encore sa voie ici. Le fer-blanc était abondant en ce temps-là, alors il s'est rendu dans la plaine et s'est mis à bâtir sa maison. Il avait à peine terminé qu'il s'est rendu compte de l'erreur qu'il avait commise.

— C'est-à-dire ?

— Il l'avait construite sur du sable, et il a dû par conséquent la quitter et recommencer ailleurs.

Étendu dans l'obscurité, j'écoutais avec une consternation croissante. C'était de ma maison en fer-blanc qu'il était question ! Il est vrai que je l'avais découverte vide et désertée au beau milieu de la plaine, mais je ne m'étais jamais interrogé sur son origine. Pour ce qui me concernait, elle ne demandait qu'à être occupée, donc je l'avais réquisitionnée et m'y étais installé. Si cette histoire était vraie, j'étais un usurpateur.

— Mais alors, pourquoi ne s'est-elle jamais écroulée ? demandai-je. Expliquez-moi ça.

— Je ne sais pas, répondit Patrick. Je ne fais que vous rapporter ce que les autres m'ont raconté. Peut-être votre maison va-t-elle durer encore de nombreuses années. Elle devrait si c'est Michael qui l'a construite. Mais enfin, il ne l'a pas abandonnée sans raison, n'est-ce pas ? Elle pourrait s'effondrer la semaine prochaine, si ça se trouve.

— Ça m'étonnerait.

— De toute façon, ce n'est pas important. Maintenant vous êtes ici, donc vous êtes en sécurité.

— Mais ces maisons-ci ne sont-elles pas également bâties sur du sable ?

— Non, pas d'après Steve et Philip. Apparemment, Michael a creusé et a trouvé de l'argile.

— Je vois.

— Rassurant de savoir que le sol est solide, non ?

— Je suppose.

— Alors bonne nuit.

— Bonne nuit.

À en juger par les bruits qu'il produisit, Patrick Pybus s'endormit plus ou moins au moment où sa tête toucha l'oreiller. Je mis un peu plus longtemps.

La nouvelle principale du lendemain matin, c'était que la visite tant espérée de Michael Hawkins serait différée une fois de plus. D'après mes informations, les volontaires qui l'assistaient au cañon étaient si nombreux qu'il répugnait à les laisser sans direction. C'est ce que j'appris en prenant place à la table du petit déjeuner en compagnie de Jane, Alison et Patrick, ainsi que deux autres femmes qui étaient arrivées pendant la nuit. Je reconnus en elles les compagnes de voyage d'Alison. Avant mon réveil, Jane était déjà sortie faire une course matinale.

— J'ai croisé Steve Treacle, expliqua-t-elle. Il m'a dit que Michael allait rester au cañon un jour de plus, au moins.

— À quelle distance est-il ? demandai-je.

— Environ trois kilomètres, dit-elle.

— Il ne rentre pas le soir chez lui ?

— Oh non ! Il reste toujours avec ses assistants.

Il apparut que le cañon était devenu à ce point gigantesque que les volontaires préféraient ne pas regagner leurs pénates chaque soir. Ils s'abritaient sous des bâches et demeuraient sur le site trois ou quatre jours d'affilée. Quand enfin ils rentraient, ils étaient sur-le-champ remplacés par des troupes fraîches.

— C'est bientôt notre tour ! dit Jane. Il me tarde d'y aller et de mettre la main à la pâte.

Je notai qu'Alison ne montrait pas le même enthousiasme.

— Ma foi, j'aimerais bien que Michael nous prévienne quand il modifie ses plans, dit-elle dans un soupir. Il nous a déjà laissé tomber comme ça auparavant.

— Il est très occupé, tu sais, fit remarquer Jane.

— Certes, répondit Alison. J'en suis bien consciente.

Je me dis qu'en réalité je préférais Alison aux autres, en dépit de son hostilité initiale. Elle ne possédait rien de la bonté lumineuse qui émanait de chacun d'entre eux et que je jugeais plutôt assommante. Au contraire, elle me donnait l'impression de sortir du même genre de moule que Mary Petrie, et j'eus la conviction que nous allions finir par très bien nous entendre.

— Steve m'a dit qu'il aimerait t'emmener au cañon aujourd'hui si ça t'intéresse, dit Jane en se tournant vers moi. Il passera te prendre ce matin.

En attendant sa venue, je décidai de faire un tour pour observer les environs à la lumière du jour. Patrick Pybus se joignit à moi. Ayant toujours été habitué à voir des bâtiments isolés dans des lieux reculés, je trouvais très singulier le spectacle de toutes ces maisons si proches les unes des autres. J'examinai avec curiosité les passages tortueux entre les murs de fer-blanc, guère plus larges qu'une longueur de bras. Ils s'élargissaient çà et là pour se transformer en rues et en voies de communication. Il y avait malgré tout très peu de monde dans les parages.

— Ils ont tendance à rester pas mal de temps chez eux, dit Patrick. Surtout s'ils ont donné un coup de main au cañon quelques jours. C'est un travail très fatigant, d'après ce que j'ai entendu.

— Vous m'avez l'air d'être au courant de beaucoup de choses, remarquai-je. D'autant que vous n'êtes là que depuis quelques heures.

— Je me suis dit que j'avais intérêt à en connaître le plus possible, puisque j'ai prévu de m'installer dans le coin, répondit-il.

— Vous êtes fermement décidé, alors ?

— Oh, sans l'ombre d'une hésitation ! Philip va me montrer aujourd'hui le site envisagé pour ma maison. Ils ont tous été on ne peut plus accueillants.

— Oui, j'ai remarqué.

Patrick me coula un regard entendu.

— C'est votre présence à vous qui les emballe le plus, cela dit.

— Ah bon ? dis-je, légèrement surpris.

— Bien sûr. Tout le monde est ravi que vous vous soyez décidé à venir. Ça signifie beaucoup pour eux, sachant que vous êtes un des pionniers, pour ainsi dire.

J'en eus la confirmation quelques instants plus tard quand Steve Treacle arriva, accompagné d'une cour d'admirateurs dont la mine indiquait qu'ils venaient de débarquer. Il y eut tout à coup de l'agitation, et ils émergèrent d'une avenue voisine. Je m'aperçus immédiatement que Steve jouissait d'une certaine considération auprès de ces gens-là, car ils se tinrent à l'écart pendant qu'il s'approchait de moi.

Ce qui, ai-je supposé, était une marque de respect envers nous deux.

— Tu es donc venu ! s'exclama-t-il, tout sourire, en me tendant la main. Michael va être tellement content !

J'ignorai la dernière réflexion, saluai Steve et lui demandai plutôt des nouvelles de sa santé et tout ça. Je lui exposai ensuite le motif de ma visite.

— J'aimerais voir ce cañon dont j'ai tant entendu parler.

— Tu le verras, répondit Steve. Voici les nouveaux assistants qui s'y rendent aujourd'hui.

Il fit un signe à ceux qui se tenaient derrière lui, et ils avancèrent enfin, faisant cercle autour de moi et m'assaillant de toutes sortes de questions sur ma vie dans une maison de fer-blanc. Je fus quasiment molesté, c'est dire l'ardeur de la foule. À cause de la clameur, plusieurs portes s'ouvrirent dans les édifices avoisinants, d'où beaucoup de curieux émergèrent pour contempler la scène avec intérêt. Nous fûmes rapidement rejoints par Jane, Alison et les autres, puis Steve proposa de partir sur-le-champ pour le cañon.

Jamais auparavant je n'avais été confronté à un tel torrent d'enthousiasme. Les gens donnaient l'impression d'affluer de toute part, et tandis que nous traversions cette ville en plein essor, je pris conscience pour la première fois du nombre de voyageurs qui avaient traversé la plaine pour se rendre à cet endroit. Steve et moi menions une troupe forte d'au moins une centaine d'entre eux, tous bavardant d'une voix excitée et joyeuse. Alison était la seule exception. Elle marchait silencieusement, en comparaison, et n'ouvrait la bouche que quand on lui adressait la parole. J'avais appris, depuis mon arrivée, que son nom complet était Alison Hopewell, mais chaque fois que je la regardais, elle me rappelait à nouveau Mary Petrie, que j'avais laissée si loin derrière moi. Difficile de croire que j'étais parti la veille seulement. À présent, à la tête de la foule, j'avais l'impression que des années s'étaient écoulées.

Les habitations finirent par devenir moins nombreuses, montrant des espaces vides entre elles. C'est dans une de ces trouées que Philip Sibling attendait Patrick Pybus afin de lui montrer le lieu où ses amis et lui pourraient bâtir leur nouveau domicile. Nous nous arrêtâmes pour laisser le gros de la troupe nous dépasser, puis nous allâmes jeter un coup d'œil au site proposé. Philip me salua, me dit qu'il était content de ma venue et que j'allais sans doute trouver tout cela du plus haut intérêt.

— Voici un emplacement de premier ordre, dit-il à Patrick. Un des plus proches du cañon. Nous te conseillons de bâtir ta maison face à l'ouest, bien sûr, comme ça tu pourras admirer le coucher du soleil.

— C'est parfait, constata Patrick, mesurant le sol à longues enjambées régulières. Tout simplement parfait.

— Excusez ma question, dis-je. Mais on ne se sent pas un peu à l'étroit avec toutes ces maisons collées les unes aux autres ? J'ai l'impression qu'il y a à peine assez de place entre elles.

— C'est Michael en personne qui a délimité les emplacements, dit Steve. L'espace est largement suffisant pour une maison entière.

— Nous avons un terrain similaire pour toi, ajouta Philip. Ou, bien entendu, tu peux avoir la priorité sur celui-ci, si tu préfères.

À ces mots, une profonde déception se peignit sur le visage de Patrick.

— Non, non, dis-je. C'est celui de Patrick. J'insiste.

— Bon, si tu crois…

— Oui, c'est très bien comme ça.

— Merci, dit Patrick.

Quand mon regard se tourna à nouveau vers Steve, je remarquai qu'il m'observait d'un air sévère.

— Michael sait de quoi il parle, déclara-t-il.

— C'est ce que j'ai compris, répondis-je. On m'a tout raconté à propos de ma maison construite sur le sable.

— Précisément, dit Steve. Les lieux ont été agencés sous sa direction, et nous ne discutons aucune de ses décisions.

— Ça me va très bien, dis-je. Qui suis-je pour critiquer ?

Steve me lança un regard noir avant de m'adresser un signe de tête plutôt sec.

— Parfait, rétorqua-t-il, d'un ton poli mais ferme. On y va ?

Je saluai rapidement Philip et Patrick, puis m'élançai derrière Steve qui s'éloignait déjà. Je le rejoignis au moment où nous passions entre les dernières maisons. Nous nous retrouvâmes peu après en rase campagne, et je découvris avec soulagement Alison qui nous attendait. Steve n'avait pas prononcé un mot, aussi sa compagnie était-elle la bienvenue.

— Qu'est-ce que vous pensez de l'emplacement ?

— Très bon, répondis-je. Presque un second chez-soi.

— Alors ça devrait convenir à Patrick.

Devant nous s'étirait une piste clairement visible, sur laquelle je pus distinguer au loin des silhouettes en mouvement. Les volontaires pour le cañon formaient à présent une longue colonne, beaucoup marchant en file indienne, d'autres par deux, sans jamais modifier leur allure régulière. Je jetai un coup d'œil sur cette procession obstinée, puis embrassai du regard l'immensité de la plaine. Sur notre droite, à environ un kilomètre et demi, j'avisai une maison solitaire. Son reflet mat m'indiqua qu'elle était en fer-blanc, et il apparut aussi qu'elle était construite sur un terrain plus élevé que les alentours immédiats. Ce qui lui conférait un je-ne-sais-quoi de supérieur, comme si elle avait été mise de côté pour un individu haut placé. Je ne pris pas la peine de demander qui l'occupait.

— Comment va Mary Petrie ? demanda Steve, rompant le silence dans une tentative évidente de rétablir des relations normales.

— Très bien, répondis-je. C'est sur son insistance que je suis venu, pour tout dire.

— Alors elle va finir par nous rejoindre, non ?

— Ma foi, je n'en sais rien, dis-je. Elle a des habitudes bien ancrées, vois-tu.

— Et pas toi, je suppose.

— Bien sûr que non. Personne n'est plus ouvert au changement que moi.

— Voyons, voyons, dit-il. Tu ne t'attends tout de même pas à ce que j'avale ça. Tu es le seul à avoir refusé de déménager en même temps que nous autres.

— Parce que j'étais satisfait de l'endroit où j'étais.

— Dans ce cas, qu'est-ce que tu fais ici ?

— J'ai répondu à ton invitation, figure-toi, mais si j'avais su que tu allais te comporter ainsi, je ne m'en serais pas donné la peine.

— Vous allez arrêter de vous chamailler ? s'écria tout à coup Alison. Et moi qui croyais que vous étiez de vieux amis !

— C'est le cas, dit Steve. Mais…

— Alors ça suffit ! coupa-t-elle. Vous passez votre temps à vous lancer des piques depuis que nous sommes partis, il faut que ça cesse ! Que va penser Michael ?

Personnellement, je me fichais de ce que pensait Michael, n'empêche que j'étais content de l'intervention d'Alison. Me fâcher à nouveau avec Steve était la dernière chose que je souhaitais, et je décidai donc de changer de sujet.

— Il me tarde vraiment de voir ce cañon, maintenant, dis-je. Tu crois que je devrais proposer mes services ?

— Je pense que ce serait très apprécié, dit Steve. En particulier pour tes talents à la pelle.

C'était un banal échange de propos, mais plus que suffisant pour que nous nous remettions à parler, et j'eus bientôt droit à une présentation détaillée du cañon. J'appris ainsi que Michael Hawkins s'était engagé tout seul dans cette entreprise environ un an auparavant. C'était en gros l'époque où Simon Painter avait commencé à lui rendre visite. D'autres étaient venus de divers endroits de la plaine, et ils offrirent leur aide chacun leur tour. Peu de temps après, Steve et Philip arrivèrent, suivis de nouveaux voyageurs. Leur nombre crût jusqu'à ce que l'on compte assez de volontaires pour organiser les opérations à une plus grande échelle. Elles étaient menées sous les auspices de Michael Hawkins, lequel semblait avoir du génie pour ce genre d'affaires. Manifestement, il lui suffisait de suggérer tel ou tel projet pour que la chose soit réglée en quelques heures. À présent, on en était arrivé au point où quelques centaines d'aides abattaient le travail de milliers.

En écoutant tout cela, je commençai à me demander si on n'était pas là en présence d'une escroquerie quelconque. En vérité, ça faisait un moment que je soupçonnais Michael Hawkins d'avoir découvert une faille naturelle, ou une fissure, à cet endroit de la plaine, et de l'avoir récupérée pour son usage personnel. Le compte rendu pittoresque que me donna Steve ne fit que confirmer mon scepticisme. Certes, l'existence du cañon ne faisait pas de doute. Non seulement il l'avait vu de ses propres yeux, mais il avait vraiment contribué à son développement. C'était bien sûr un fait indiscutable, et le spectacle devait être impressionnant. J'étais sur le point de découvrir une grande entreprise qui offrait un but à bon nombre d'hommes et de femmes. Quoi qu'il en soit, j'avais le sentiment qu'elle empruntait des chemins tortueux.

16

Steve forçait peu à peu l'allure.

Je remarquai à peine la différence de prime abord et gardai le même pas que lui. Puis je m'aperçus qu'Alison devait courir de temps à autre pour rester à notre hauteur. J'avais l'impression qu'il n'avait pas conscience d'agir ainsi, et je fus ravi de constater qu'en dépit de quelques nouveaux traits de caractère singuliers son manque de patience naturel demeurait intact. Le sourire rusé dont il m'avait tout d'abord gratifié l'avait abandonné depuis un moment, indiquant que le Steve Treacle d'origine n'était pas éloigné de la surface.

Cependant, le train auquel il nous menait à travers la plaine finit par devenir trop rapide pour Alison.

— On ne pourrait pas ralentir un peu ? implora-t-elle.

— Pas question, non, répliqua Steve.

— Pourquoi tant se presser ?

— Je ne veux rien rater.

— Mais ce cañon ne va pas s'envoler ! dit-elle. Je suis certaine qu'il t'attendra.

Steve s'efforça de lever un peu le pied, et nous avançâmes à une vitesse légèrement plus réduite qu'avant. Devant nous, je pus voir que la première douzaine de volontaires avait fait une halte, permettant à ceux qui les suivaient de les rattraper. Cependant, pour une raison quelconque, cette avant-garde ne paraissait pas s'étoffer à mesure que les autres la rejoignaient et elle comptait en permanence une douzaine d'unités. Le reste s'était tout bonnement évanoui. Pendant un instant, je ne compris rien du tout à ce qui se passait, et ce n'est qu'après nous être approchés que je me rendis compte que, parvenus au bord du cañon, ils en entreprenaient la descente. L'un après l'autre, ils arrivaient à un endroit déterminé, s'arrêtaient un instant, puis disparaissaient. Le groupe restant s'amenuisa lentement, jusqu'à disparaître.

Notre petite équipe avait encore une centaine de mètres à parcourir, mais je pouvais déjà m'apercevoir que la surface de la plaine s'interrompait brutalement sur le néant. Nous progressâmes un peu, et l'autre versant du cañon commença d'apparaître dans mon champ de vision. C'était un mur rouge à pic, de plus en plus colossal à mesure que nous approchions. Nous atteignîmes enfin le précipice, où nous découvrîmes un spectacle proprement incroyable. Je n'aurais jamais imaginé qu'il puisse être aussi large et aussi profond, et j'entendis Alison hoqueter de surprise. Je baissai les yeux quelques secondes vers les gens, réduits à la taille de fourmis, qui s'agitaient très loin en contrebas. Alors tout devint flou.

Et puis je me retrouvai sur les fesses, la tête entre les jambes.

— Il va se remettre d'une minute à l'autre, entendis-je Steve prononcer. Il n'aime pas l'altitude, c'est tout.

Tandis que je reprenais mes esprits, Alison passa son bras autour de moi.

— Tiens, tiens, nota-t-elle. Je n'aurais jamais cru que vous étiez du genre à tomber dans les pommes.

— Pas en temps normal, dis-je. Mais je ne pense pas être capable de descendre là en bas.

— Et si vous jetiez à nouveau un coup d'œil pour voir si ça se passe mieux ?

Elle me prit par la main pour me conduire au bord, et je respirai un grand coup avant de risquer un regard. Cette fois-ci, je réussis à conserver un peu de dignité en me mettant dans la tête que j'avais les pieds sur la terre ferme.

— Étonnant, non ? dit Alison.

— Renversant, plutôt, répondis-je.

Comment diable Michael Hawkins était-il parvenu à un tel résultat ? Les dimensions du cañon étaient prodigieuses, et je n'arrivais pas à comprendre comment il avait pu être créé de la main de l'homme, quel qu'ait pu être le nombre de participants. À ce que je pouvais en juger à une telle distance, ils n'avaient que des pelles à leur disposition. Le dernier groupe de volontaires était toujours en train de descendre dans les profondeurs, au moyen d'une suite d'échelles et de rampes en terre qui dessinaient une voie. Placés en divers endroits, des treuils, munis de poulies et de cordes, servaient à hisser des seaux, que l'on vidait avant de les redescendre. Au fond du cañon, des centaines d'ouvriers étaient à l'œuvre, torse nu, tous à creuser ou à pousser des brouettes sur des planches. Au-delà, je distinguai un campement fait de bâches tendues sur des mâts. Il y avait des feux là-bas, et des gens s'affairaient autour de marmites, tandis que d'autres semblaient se reposer.

Au bout d'un moment, Steve déclara qu'il fallait vraiment y aller, mais j'avais pris ma décision entretemps.

— Inutile, dis-je. Je reste ici.

— Tu ne veux pas descendre participer ? me demanda-t-il.

— J'aimerais bien, mais je sais que j'aurai du mal avec les échelles, ce n'est même pas la peine d'essayer. Désolé et tout ce que vous voulez, mais c'est comme ça.

Heureusement, Steve n'insista pas. Il haussa simplement les épaules et déclara que j'allais rater une occasion inespérée. Alison parut très déçue que je n'aille pas plus loin, tout en affirmant qu'elle comprenait parfaitement ma position.

— Et si vous restiez ici un instant pour admirer le paysage ? me proposa-t-elle. Peut-être que vous aurez envie de descendre un peu plus tard.

Bien que cela fût assez improbable, je décidai de demeurer un moment où j'étais. Je me sentis quelque peu abandonné quand ils entamèrent la descente, surtout quand Alison, au moment de passer le bord, me sourit et m'adressa un signe de la main. L'instant d'après, elle avait disparu, et je me retrouvai seul à nouveau.

Une des choses les plus remarquables de ce cañon était la couleur rouge de la terre. Le ciel était très nuageux ce jour-là, et la clarté était par conséquent atténuée, mais, même dans ces conditions, il était quasiment impossible de ne pas être impressionné par ce spectacle éclatant. La vision de ces murs gigantesques avait un pouvoir hypnotique, et je passai une bonne heure à promener mon regard au-dessus de l'abîme. Bientôt j'entendis des voix parvenant du dessous, et deux femmes apparurent. À en juger par leurs traits fatigués et quelque peu poussiéreux, je supposai qu'il s'agissait de volontaires qui rentraient chez elles. Lorsqu'elles me virent, elles me sourirent et prirent de mes nouvelles avant de continuer leur route. La chose se reproduisit un quart d'heure plus tard quand un groupe de six hommes sortit du cañon. De la même façon, ils prirent le chemin du retour après s'être enquis de ma santé. Dix minutes passèrent. La suivante fut une jeune femme voyageant en solitaire. Elle présentait des signes de complet épuisement en terminant l'escalade, mais son visage s'illumina quand elle me découvrit.

— C'est toi qui n'as pas pu descendre ? me demanda-t-elle.

— J'en ai bien peur, oui, répondis-je.

— Oh, mais tu devrais essayer ! s'exclama-t-elle. Ça vaut vraiment le coup.

— Pourquoi donc ?

— C'est tout simplement épatant là-bas. Michael a organisé les choses à la perfection, et le travail est tellement gratifiant !

Elle avait exactement la même façon d'aborder la vie que Jane. Ou peut-être Sarah. Même sa voix ressemblait à la leur. Tandis qu'elle poursuivait son propos sur les bonheurs du cañon, je ne pus m'empêcher de remarquer à quel point elle avait la mine fatiguée et chiffonnée. Elle persistait néanmoins à décrire un tableau enchanteur et je fus impressionné par sa force de conviction.

Quand son enthousiasme se fut calmé, je pris la parole :

— Et maintenant, vous rentrez chez vous pour prendre un repos bien mérité, c'est ça ?

— Oui, dit-elle avec un sourire. C'est toujours tellement agréable de rentrer après quelques jours de service.

— Alors on dit comme ça ? demandai-je. Service ?

— C'est l'expression qu'emploie Michael, oui. Bon, eh bien, salut.

— Salut, dis-je.

Cet exode massif de travailleurs harassés commença à exercer sur moi une certaine fascination. Je demeurai assis au sommet pendant deux heures tandis que différents groupes ou individus sortaient du cañon, lançant tous quelques gentillesses avant de s'en retourner dans la plaine vers la ville en fer-blanc. À leur démarche, il était évident que chacun d'entre eux avait hâte de retrouver le confort de son logis après plusieurs jours sous une bâche.

J'étais en train d'observer un couple manifestement épuisé s'en aller, main dans la main, quand apparut un homme voyageant en solitaire. Il resta un moment à admirer les profondeurs du cañon, puis il se tourna vers moi.

— Belle vue, non ?

— Oui, répondis-je. Mais je dois dire que c'est encore plus intéressant de regarder les gens qui passent.

— Voilà un gars comme je les aime, déclara-t-il. C'est vrai, il y a là des hommes et des femmes formidables.

— Je veux bien le croire.

— Au fait, vous avez eu quelque chose à manger ?

— Non, pas depuis un moment, dis-je. Mais je pense qu'on me donnera quelque chose chez Simon Painter au retour.

— Ils sont en train de préparer le dîner au campement, si ça vous dit.

— Merci, mais le problème est que je ne peux pas descendre.

— Vous avez essayé ?

— Euh… non, pas vraiment.

— Eh bien, allez-y ! Qui sait, vous pourriez y arriver.

Je regardai le bonhomme et vis à l'état de ses vêtements qu'il avait dû travailler exceptionnellement dur. Ses mains étaient encrassées de la terre rouge qu'il avait pelletée tout au long de la journée, et il était probablement impatient de courir chez lui se reposer. Pourtant, il paraissait désirer au plus haut point me voir participer au dîner qui se préparait en bas.

— Les échelles, ça ne m'emballe pas tellement, lui expliquai-je.

— Elles sont toutes solidement fixées, dit-il. Je peux vous le garantir.

— Oh, c'est vrai ?

— Oui, et les rampes de terre sont aussi sûres que le plancher des vaches.

Quelque chose dans sa façon de parler m'inspirait une confiance aveugle, comme si je l'avais connu depuis toujours. Je me sentis tout à coup capable d'affronter la descente dans le cañon, si quelqu'un restait avec moi.

— Ça ne me dérange pas de vous accompagner, dit l'homme. Au cas où vous auriez envie d'y aller.

— D'accord, répondis-je. Je veux bien.

La première portion de la descente consistait en une rampe de terre courte et escarpée conduisant à une plate-forme située à environ quatre mètres du sommet. Je descendis cette partie très facilement, et je me retrouvai en haut d'une grande échelle. L'homme sauta sur le premier barreau pour me montrer qu'il n'y avait aucun danger.

— J'y vais le premier, ou c'est vous ? demanda-t-il.

— Passez devant, je vous suis, dis-je.

Arrivé à la moitié de l'échelle, j'avais les mains moites et je me cramponnais plus fermement que nécessaire. Cependant, grâce à la voix rassurante de l'homme qui m'encourageait à chaque pas, je réussis à parvenir à l'étape suivante et commençai à me sentir mieux. Une autre échelle se présenta, suivie par une rampe grande et large qui débouchait sur une seconde plate-forme. Nous descendîmes ainsi régulièrement, marquant un arrêt de temps en temps pour que je puisse me faire une idée de notre progression, avant de continuer sans nous presser vers l'étage suivant. Chemin faisant, je m'extasiai devant une telle réalisation. Les échelles étaient solidement ancrées et les rampes de terre si bien damées qu'elles semblaient tout à fait sûres sous le pied. Par conséquent, aucun tronçon de la descente ne m'effrayait au point de me donner envie de faire demi-tour. À un endroit, il y avait même un banc en bois pour se reposer, et lorsque nous y accédâmes, mon guide proposa de s'y arrêter quelques minutes. Encore une bonne idée. Jusque-là, j'avais réussi à éviter de regarder au fond du cañon, mais quand je finis par le faire, je découvris que j'étais capable de rester calme et serein. C'était vraiment très agréable ! Alors que nous étions en train de contempler le grandiose panorama, je remarquai qu'ils étaient plusieurs en bas à nous observer. Ils avaient déjà dû en voir beaucoup d'autres descendre par cette voie, et je me demandai ce que mon partenaire et moi pouvions avoir de si intéressant.

Cependant, la plupart d'entre eux étaient totalement concentrés sur leur tâche. Tout le long du cañon, on creusait d'énormes excavations pour le rendre plus large, plus profond et plus long, le travail étant effectué par des équipes d'hommes et de femmes hautement organisées. Il y avait partout des rampes, des échelles et des treuils, ainsi que des planches et des sentiers reliant les différents sites. La zone située autour du campement semblait terminée, car le sol avait été complètement aplani. Il restait cependant beaucoup à faire, et tout à coup je ressentis l'envie de participer à cette entreprise démesurée.

— On y va ? dis-je.

Mon compagnon demeurait assis en silence, comme s'il méditait sur les visages levés vers nous. Il se mit alors debout en disant : « Oui, bien sûr », et ouvrit la marche vers l'étage suivant.

Le pas lourd, un traînard venait du bas, un solitaire entamant la première étape de son retour chez lui. Il bougeait très lentement, mesurant avec soin chacun de ses pas quand il abordait une rampe, une échelle, puis une nouvelle rampe. Il s'arrêta au pied de l'échelle suivante, apparemment sans se douter que nous attendions au sommet. Mon camarade se pencha et lança :

— Tu veux monter d'abord, John ?

La question produisit un effet remarquable sur l'homme en contrebas. Il leva les yeux, découvrit qui s'adressait à lui et poussa un cri en le reconnaissant.

— Michael ! s'exclama-t-il. Oh oui, je veux bien !

17

L'avais-je donc enfin rencontré ? Avais-je été guidé le long de cette course d'obstacles par Michael Hawkins en personne ? Quand je pris conscience tout à coup que oui, c'était probablement le cas, je vacillai et aussitôt je le sentis qui m'agrippait le bras.

— Faites attention, dit-il. Le plus difficile est derrière nous.

— Oui, lui répondis-je en tâchant de rétablir mon équilibre. Je suis en train de m'en rendre compte.

Nous restâmes là, lui qui me soutenait avec douceur, tandis que l'autre grimpait l'échelle et nous rejoignait.

— Merci, répéta-t-il. Je suis tellement content de te trouver, Michael. Il faut que je te parle et je croyais que tu étais en haut.

— Quelque chose ne va pas ?

— Eh bien, ce n'est pas grave, et je ne voudrais pas moucharder, mais il y a Steve Treacle en bas qui recommence à donner des ordres.

Michael desserra son étreinte puis lâcha mon bras. Au même instant, une ombre passa sur son visage.

— Très bien, merci, John, dit-il enfin. Tu en as terminé pour le moment, n'est-ce pas ?

— Oui, répondit l'autre. Mais je peux retourner en bas, au besoin.

— Non, non, je ne pense pas que ce sera nécessaire, merci quand même. Rentre chez toi, repose-toi et reviens quand tu seras frais et dispos.

— Volontiers, mais tu es vraiment certain ?

— Sûr, dit-il. Tout va bien se passer.

Quand John nous quitta pour reprendre son ascension, je remarquai une vigueur nouvelle dans sa démarche. Je l'attribuai au bref échange qu'il avait eu avec Michael Hawkins, qui observa un instant sa progression avant de pousser un long soupir. Il était à peine audible, et je ne l'aurais pas remarqué si je n'avais été aussi attentif. Pendant notre descente, j'en étais venu à me reposer sur les indications qu'il me donnait. Il avait une voix qui m'inspirait confiance, et à présent, en l'entendant soupirer, je sus que quelque chose clochait.

— Des problèmes ?

— Rien qui ne puisse être résolu.

— C'est Steve qui fait des siennes, non ?

— Ça m'en a tout l'air, oui, dit-il. Steve aujourd'hui. Un autre demain.

Il paraissait abattu, et j'en oubliai mes propres soucis.

— Si nous poursuivions notre chemin ? lui proposai-je. Probablement se tiendront-ils bien si vous vous montrez.

— Ce n'est pas tant qu'ils se tiennent mal, répondit-il. Seulement, parfois ils veulent en faire trop.

— Oh, qu'importe ! dis-je. On y va ?

J'étais parvenu à la moitié de l'échelle quand je me rappelai que j'étais censé avoir le vertige, et c'était trop tard pour m'en inquiéter. N'empêche que Michael Hawkins continuait à me guider comme si j'avais encore été placé sous son aile, ce qui à bien des égards était vrai. J'étais arrivé dans ce cañon sur son invitation, et je ne devais pas oublier que j'étais un profane. Il valait mieux rester à ses côtés, pensai-je, du moins pour le moment.

Lorsque enfin nous atteignîmes le fond, ce fut comme si nous avions pénétré dans un monde entièrement nouveau ! La première chose que je remarquai, c'était que le climat était plus clément que là-haut sur la plaine rude et venteuse. Le battement irrégulier des bâches évoquait une douce brise plutôt qu'un vent violent, et je pus facilement m'imaginer l'endroit baigné par le soleil d'été. Dans toutes les directions s'étendaient les grands chantiers de terrassement, grouillant de hordes de gens unissant leurs efforts dans un objectif commun. Quelques-uns s'interrompirent et nous regardèrent tandis que nous passions, comme ils l'avaient fait pendant notre descente. Michael Hawkins était manifestement l'objet d'une vénération considérable par ici, et sur le chemin du campement me revint en mémoire l'image que je m'en étais faite au cours de l'année écoulée. Voici un homme qui ne pouvait pas se tromper, qui réalisait de grandes choses et dont l'existence tout entière était parfaite. Ces qualités lui avaient gagné beaucoup d'amis, parmi lesquels Simon, Steve et Philip. Ceux-ci disaient que l'endroit de la plaine où il habitait était mieux que le mien. Ils colportaient des histoires selon lesquelles il avait bâti une maison en fer-blanc et qu'il l'avait rejetée, laissant un coquillage vide pour que je m'y installe. Tout ce que j'avais entendu à son sujet prouvait sa supériorité : même ses idées passaient pour plus intéressantes que les miennes. Ils m'avaient abandonné pour le rejoindre, et de cette façon ils m'avaient rendu jaloux. Je comprenais à présent que c'était le dépit, et pas la curiosité, qui m'avait poussé à venir voir le cañon. C'était le dépit aussi qui avait fait que je l'avais jugé avant même de l'avoir rencontré, et je me sentis alors passablement honteux.

— Le dîner a l'air presque prêt, dit-il.

Devant nous, on avait installé quelques grandes tables autour desquelles les gens se rassemblaient pour se restaurer. Ça semblait être très convivial. Nous avançâmes de quelques pas, puis Michael Hawkins s'immobilisa soudain et regarda sur sa droite. Il examinait une zone plane où le travail paraissait plus ou moins terminé, mais je n'aurais pas pu dire ce qui avait attiré son attention. Puis je remarquai quatre piquets de bois. On les avait plantés dans le sol pour dessiner un rectangle, en gros la superficie d'une maison. À quelques mètres de là, il y en avait quatre autres, disposés exactement de la même façon. Il resta plusieurs secondes perdu dans ses pensées à considérer ces piquets, puis, sans prononcer une parole, il se détourna pour reprendre le chemin du campement. Notre arrivée ne provoqua pas trop de remue-ménage, et quand on nous fit une place à table, je me dis qu'on nous laisserait dîner en paix. Nous étions à peine assis, cependant, que des gens commencèrent à s'approcher avec des requêtes. Le premier était un homme qui voulait savoir si Michael pouvait prendre une heure pour examiner la partie du cañon sur laquelle ses copains et lui travaillaient.

— Nous avons réussi à venir à bout du petit renfoncement, expliqua-t-il. En suivant le conseil que tu nous as donné.

— C'est bien, répondit Michael.

— Et maintenant nous aimerions que tu voies le résultat.

— Ma foi, oui, j'irai certainement voir ça. Merci.

— Quand penses-tu venir ?

— Dès que possible.

— Demain ?

— Peut-être pas demain, mais très bientôt, je te le promets.

Le type parut enchanté de la nouvelle et annonça qu'il espérait que des choses plus grandes encore découleraient d'une visite comme celle-là.

Un deuxième homme se glissa peu après à la table.

— Excuse-moi, Michael, dit-il d'une voix calme. Est-ce que je peux te demander ton opinion sur quelque chose ?

— Bien sûr.

— Ne crois-tu pas qu'il vaut mieux achever le travail que l'on a entrepris plutôt que papillonner d'une tâche à l'autre ?

— Oui, dit Michael. Ce que tu dis me paraît la bonne méthode.

— Et que ce n'est pas correct de laisser les autres se débrouiller ?

— Très juste.

— Bon, est-ce que tu pourrais en toucher un mot à Nicholas ? demanda le type. Il est parti sans avoir terminé son boulot et il en a repris un autre ailleurs.

— Ah, Nicholas, répondit Michael en souriant. Oui, je me souviens qu'il est venu m'en parler.

— Ah bon ?

— Oui, figure-toi que son meilleur ami travaillait sur un autre site et ils désiraient être ensemble.

— Alors tu as donné ton accord ?

— Exactement.

— Eh bien, j'aurais aimé qu'il m'en parle.

— Ç'aurait été préférable, oui, mais maintenant tu es informé, donc tout va bien.

— Oui… euh… Merci, Michael. Désolé de t'avoir dérangé.

Et ainsi de suite. Tout le long du repas, mon hôte fut constamment sollicité pour un arbitrage ou un conseil, pour accorder des faveurs ou donner son accord à certaines propositions. Il faisait preuve d'une patience infinie, essayant toujours de trouver des solutions acceptables par tous, décernant des éloges à bon escient. Cependant, il me vint à l'esprit que tout cela devait l'épuiser, et je me demandai s'ils lui laissaient jamais du temps pour lui-même. Car c'était son temps qu'ils lui réclamaient surtout. Tous sans exception, ils n'aimaient rien tant qu'être vus en sa compagnie, même brièvement, et retenir son attention sans partage.

Un statut particulier m'avait été aussi accordé, bien qu'à un moindre niveau. Pendant que Michael Hawkins traitait du mieux qu'il pouvait les diverses requêtes, je me retrouvai sans arrêt observé par quelques hommes et plusieurs femmes. Je ne voulais pas refaire la même erreur qu'avec Jane Day, mais c'était tout de même agréable d'être l'objet de leurs sourires et de leurs regards. Plus encore quand Alison Hopewell fit son apparition. Elle déambulait entre les tables, manifestement à la recherche de quelqu'un, alors je l'appelai. Lorsqu'elle me vit, elle me fit un signe amical de la main, mais elle continua à chercher des yeux. Elle aperçut vite Michael Hawkins, assis à mes côtés. Puis elle s'approcha.

— Salut, me dit-elle. Alors tu es finalement parvenu à descendre.

Elle ne me laissa pas le temps de répondre.

— Oh, Michael ! reprit-elle. Est-ce que tu pourrais venir au nouveau chantier ?

— Oui, si tu veux. Il se passe quelque chose ?

— C'est Steve.

Elle n'en dit pas plus, mais ce fut suffisant pour qu'un léger murmure parcoure la tablée.

Michael me regarda.

— Veux-tu venir ?

— Bien sûr, dis-je. Si je peux être d'une quelconque utilité.

Quand il se leva, un ou deux autres l'imitèrent, comme si le nombre faisait la force.

— Non, tout va bien, dit Michael. Nous y allons nous trois seulement. Tous les autres, s'il vous plaît, restez ici et profitez de votre dîner.

Ils retournèrent à leur repas quand nous partîmes le long du cañon vers son extrémité. Nous y arrivâmes en empruntant un sentier de terre surélevé circulant entre de profondes excavations. Il y avait encore des gens à l'ouvrage dans certaines d'entre elles. D'autres étaient désertes, les outils et l'équipement soigneusement entreposés en un seul endroit en attendant d'être à nouveau utilisés. Devant nous, le niveau du sol était sensiblement plus haut, indiquant que les opérations avaient débuté depuis peu. Ce devait être, me dis-je, ce qu'Alison avait appelé « le nouveau chantier ». Des planches étaient disposées pour permettre l'accès depuis le sentier, mais, en m'approchant, je vis que beaucoup d'autres étaient empilées, autour desquelles se tenaient une douzaine d'hommes. L'un d'entre eux se trouvait être Steve Treacle.

Même à cette distance, je remarquai qu'il était engagé dans une querelle avec les autres. C'était tout à fait évident si l'on en jugeait par son attitude : l'air curieusement tordu, il se penchait en avant, la tête enfoncée dans les épaules, brandissant un doigt vers un type qui se tenait de l'autre côté de la pile. La plupart des spectateurs observaient attentivement la scène, alors qu'un ou deux autres tentaient mollement de poursuivre leur travail. Puis quelqu'un nous vit arriver, et tout changea. L'attitude de Steve se relâcha manifestement, comme s'il avait vu arriver la Justice.

L'autre, pendant ce temps, saisit une planche sur la pile et la garda en main.

S'ils attendaient de Michael qu'il se contente de s'approcher et de vider l'abcès, ils avaient tort. Au lieu de ça, il s'empara d'une pelle qui était posée contre un monticule de terre et se mit à creuser. Tout le monde l'observa en silence remplir peu à peu une brouette jusqu'à ce qu'elle fût pleine.

Puis il se tourna vers l'homme à la planche et lui demanda :

— Tu peux me la passer, s'il te plaît ?

L'autre obéit et tendit la planche à Michael, qui la posa entre l'endroit où il se tenait et le bord du sentier.

— Mais Michael, dit Steve, c'est une planche large.

— Je le vois bien, répondit Michael.

— Mais on a besoin des larges pour étayer les ouvrages. On utilise seulement les ordinaires pour les brouettes. C'est comme ça qu'on fait depuis le début.

— Je sais, dit Michael. Mais j'ai clairement besoin d'une planche, et les seules que je vois ici sont des larges.

— Alors je cours te chercher une planche ordinaire.

— Ce ne sera pas nécessaire.

— Mais c'est toi-même qui me l'as dit ! protesta Steve. Je ne fais que suivre tes instructions ! Il vaut mieux utiliser les larges pour étayer, tu me l'as toujours dit, mais ceux-là ne veulent rien entendre ! Je t'en prie, dis-leur que j'ai raison !

Il avait l'air désespéré, et ce fut soudain comme si sa vie dépendait de ce qu'allait dire Michael Hawkins. Je jetai un regard à Alison qui se tenait à côté de moi les bras croisés, et je vis qu'elle observait attentivement la scène, comme les autres spectateurs.

— Tu as raison, Steve, bien entendu, dit enfin Michael. Je suis content de savoir que tu suis mes conseils aussi scrupuleusement, et ta bonne volonté ne fait aucun doute. Cependant, je suis certain que tu conviendras avec moi qu'il ne faut pas laisser les moyens contrarier notre objectif. Les planches larges ne faisaient-elles pas l'affaire, en l'occurrence ?

S'écoula un long moment, pendant lequel tous les regards étaient fixés sur Steve.

— Je suppose que si, répondit-il avec un peu de raideur. Mais la règle générale reste toujours valable, n'est-ce pas ?

— Si tu veux appeler ça une règle, alors oui, répondit Michael. C'est simplement une manière de faire, en réalité.

Pendant qu'ils parlaient, j'avais noté qu'il fallait une seconde planche pour achever la connexion avec le sentier. À présent que l'affaire était réglée, je me dirigeai vers la pile, choisis une planche, et allai la placer dans le prolongement de celle de Michael. Cette action toute simple, sous l'œil d'une douzaine de personnes, eut des conséquences que je n'aurais jamais pu prévoir. Je désirais seulement alléger un peu le fardeau de Michael, mais le fait d'aller chercher cette planche sans demander la permission, à lui ou à Steve, ou à quelqu'un d'autre, me conféra une certaine autorité.

18

Cette nuit-là, pour la première fois de ma vie, je dormis sous une bâche. Ce fut très agréable. La toile assurait une protection suffisante dans les conditions peu rigoureuses du cañon, et vivre sous du tissu faisait un contraste intéressant avec les rigueurs d'une maison en fer-blanc. Il n'y avait pas le moindre des grincements ou gémissements auxquels je m'étais habitué au fil des années, ni de volets et de portes à ouvrir et à fermer à intervalles fixes. Au lieu de quoi il n'y avait que des abattants, que l'on pouvait baisser pour plus d'intimité ou relever pour permettre à l'air de circuler. Comme je l'ai dit, cela faisait un contraste intéressant, mais sans plus.

Cependant, à travers les discussions des gens autour de moi, je compris bientôt qu'ils considéraient leur séjour ici comme une sorte de devoir, le prélude inévitable au jour où la ville en fer-blanc serait rebâtie à cet endroit précis.

En vérité, ils ne parlaient que de ça. Alors que le sommeil me gagnait, la dernière chose que j'entendis fut mes voisins qui débattaient de leurs projets pour les murs en fer-blanc, les toits en fer-blanc et les cheminées en fer-blanc. Le lendemain matin, quand je m'éveillai à la pâle lumière filtrée par la toile, les mêmes voix étaient encore en pleine discussion. Oh ! quels espoirs ils entretenaient ! On aurait dit qu'ils n'aimaient rien tant que rentrer chez eux après trois ou quatre jours de labeur et rêver, avec l'assurance que leur service était accompli pour cette fois.

Le chantier, bien entendu, était dirigé par Michael Hawkins, et je dois reconnaître que les résultats étaient stupéfiants. Même quand je me joignis à une équipe pour participer en personne aux opérations, je fus incapable de voir comment on pouvait déplacer autant de terre. Le temps qu'un homme remplisse une brouette, l'emporte le long des planches et des sentiers, et revienne, ses camarades en avaient rempli dix de plus. Ces dizaines se transformaient rapidement en centaines, et ainsi de suite, jusqu'à ce que l'excavation soit jugée satisfaisante, et nous passions à autre chose. De temps à autre, Michael venait s'assurer que tout allait bien, et il était bombardé de questions telles que celles que j'avais entendues le premier soir. Mais il partait souvent inspecter d'autres parties du cañon, et, dans ces moments-là, c'était vers moi qu'ils se tournaient. Manifestement, l'histoire des planches avait circulé, et il était maintenant admis que je pouvais parler au nom de Michael. On commença donc à solliciter mon avis sur toutes sortes de sujets, de la résolution des contestations à propos de qui devait travailler et où, à la façon correcte de manier une pelle. La plupart des questions, cependant, concernaient la ville en projet, et je découvris bientôt qu'il y avait quelque chose dont Michael ne leur avait pas parlé.

Grâce à lui, ils savaient maintenant creuser un cañon, assez large et profond pour y loger tout ceux qui désiraient y habiter. Ils avaient aussi appris les techniques de construction en fer-blanc, la longueur idéale des cheminées, et l'importance des volets et des portes. Mais ce qu'ils ne savaient pas encore, c'était quand ils pourraient déménager de l'ancien site au nouveau. Il apparaissait que chaque fois qu'ils interrogeaient Michael, celui-ci éludait la question, ou répondait d'une façon détournée qui ne les laissait pas plus avisés.

Après avoir séjourné parmi eux quelques jours, j'eus peu à peu le sentiment qu'ils commençaient à éprouver de l'impatience à ce sujet. Après tout, disaient-ils, n'avaient-ils pas fait tout ce qu'on leur avait demandé ? Est-ce qu'ils ne s'étaient pas tués au travail tous les jours pour se contenter de dormir la nuit sous des bâches ? Quand, désiraient-ils savoir, pourraient-ils construire leur cité promise ?

Ces récriminations, remarquai-je, n'étaient jamais exprimées directement devant Michael. Aucun d'entre eux ne voulait paraître ingrat de ce qu'il avait fait pour eux, et pas un instant ils ne songeaient à se plaindre. Néanmoins, il était évident qu'ils auraient aimé en savoir plus.

Même Alison Hopewell, dont l'esprit pondéré m'avait toujours frappé, montrait des signes d'impatience. Ce fut elle qui m'aida à trouver un emplacement sous les bâches pour la nuit, après quoi nous eûmes tendance à passer beaucoup de temps ensemble. Il nous arrivait même de travailler sur la même excavation. Alison n'était pas aussi intimidée par Michael que les autres, et un jour, alors que nous retournions au campement, elle me dit qu'elle était allée le voir.

— À quel sujet ?

— Je lui ai demandé quand nous commencerions à construire la nouvelle ville, et tu sais ce qu'il m'a répondu ?

— Non.

— Il m'a dit : « Il y a une étape importante qui nous attend. » Qu'est-ce qu'il veut dire par là, à ton avis ?

— Je ne vois pas…

— Parfois, il parle par énigmes.

— Oui.

Alison me jeta un regard.

— Tu ne crois pas qu'il nous mène en bateau ?

— Non, répondis-je. Je ne pense pas.

— Parce que si c'est le cas, je…

Elle ralentit.

— Qu'est-ce qu'il fabrique, Simon ?

Nous approchions de l'endroit où j'avais remarqué les huit piquets de bois plantés dans le sol. Juste à côté, Simon s'affairait à mesurer une portion de terrain. Il fit une dizaine de pas, s'arrêta, et planta un autre piquet. Puis il vira à angle droit, fit quelques enjambées supplémentaires avant de s'arrêter à nouveau.

— Viens, me dit Alison en s'écartant du sentier en direction de Simon.

Je la suivis, et nous le rejoignîmes au moment où il finissait de planter un autre piquet.

— Simon, est-ce qu'on peut savoir ce que tu es en train de faire ?

— Oh, salut ! dit-il. Je repère l'emplacement de ma maison.

Quiconque avait passé plus d'une journée dans le cañon était généralement couvert de poussière. Simon, pour sa part, avait l'air relativement fringant, comme s'il venait d'arriver. Cela aurait dû lui assurer un avantage sur Alison, qui était fatiguée et maculée après une journée dans les excavations. Malheureusement pour lui, ce fut le contraire. Il était évident, au vu de son expression, qu'il ne voyait absolument rien de mal à planter des piquets dans le sol. Il était donc peu préparé à l'attaque qui suivit.

— L'emplacement de ta maison ? répéta-t-elle.

— Oui, dit-il. C'est le meilleur endroit pour avoir du soleil le matin. Vraiment idéal.

— Et donc tu l'as pris pour toi, c'est ça ?

— Avec Steve et Philip, oui. Les autres piquets sont ceux de leurs maisons.

— Je ne peux pas en croire mes oreilles, dit Alison. Voyons, et si je me mettais à y planter des tas de piquets. Alors ?

— Il faudrait que tu les enlèves, répondit Simon.

— Pourquoi donc ?

— Parce que nous étions ici avant toi.

— Et quelle différence ça peut faire ?

— Eh bien... commença-t-il, mais ce fut tout ce qu'il parvint à prononcer.

— Quel culot ! s'exclama Alison. Tu n'as pas le droit de mettre le grappin sur du terrain pendant que nous autres trimons ! Tu te prends pour qui, exactement ?

— Nous sommes les meilleurs amis de Michael.

Je regardai Simon et je me rendis compte qu'il était convaincu de ce qu'il disait. Il pensait réellement que lui, Steve et Philip occupaient une sorte de position privilégiée. Un seul coup d'œil dans le cañon le démentait. De toutes les directions arrivaient des travailleurs qui retournaient au campement, et chacun était persuadé d'avoir des affinités particulières avec Michael Hawkins. Plusieurs dizaines d'entre eux avaient déjà quitté le sentier et approchaient pour s'informer des raisons de ce tapage. Ils étaient à présent là à regarder, tandis que Simon prononçait cette revendication absurde.

— Nous sommes tous ses amis ! déclara Alison. Toi et tes compères, vous essayez tout bonnement de doubler les autres.

— Non, absolument pas ! se récria Simon. Nous préparons le terrain, c'est tout.

C'était une piètre excuse, et je ne fus pas étonné par les huées de l'assistance.

— N'importe quoi ! prononça une voix derrière moi.

C'était Patrick Pybus. Je me retournai et le vis s'approcher avec cinq ou six personnes dans son sillage. Je reconnus quelques-uns des volontaires fraîchement arrivés de la ville. Ils n'avaient plus l'air aussi amicaux à présent, et tout à coup la situation de Simon apparut plutôt problématique.

— Salut, Patrick, dis-je, dans l'espoir d'alléger l'atmosphère. Comment se passe ton installation ?

— Comment quelqu'un pourrait-il s'installer ? s'exclama-t-il. Alors que personne ne nous dit jamais rien. Jour après jour nous attendons le signal, et rien n'arrive. Tout ce que nous avons, ce sont ces prétendus amis de Michael qui nous disent ce qu'on a le droit de faire et de ne pas faire !

Tout le monde à présent dévisageait Simon, qui avait soudain levé le bras pour réclamer le silence.

— Michael a dit que nous devions faire preuve de patience, déclara-t-il.

De nouvelles huées fusèrent, et je me rendis compte que s'il persistait dans ses remarques imprudentes, il irait au-devant de sérieux ennuis. Rapidement, je m'approchai de lui et lui enlevai des mains le marteau et les piquets. Puis, sous de nombreux regards, je fis le tour des piquets et les arrachai du sol. Un murmure d'approbation monta de la foule pendant mon intervention, et j'espérai que ce serait suffisant pour qu'ils se dispersent. L'instant d'après, cependant, il y eut de l'agitation et quelqu'un dit :

— Voici Michael.

La façon qu'ils eurent de s'écarter pour lui permettre de passer fut extraordinaire. La confrontation avec Simon avait attiré plus d'une centaine de personnes, mais Michael avançait avec aisance, poursuivi par une question posée comme par une seule voix : « Quand allons-nous bâtir notre ville en fer-blanc ? »

Il était suivi de Steve Treacle et Philip Sibling, qui parurent très contrariés quand la foule houleuse se referma après avoir laissé le passage à Michael ; ce ne fut pas sans mal que ces deux-là réussirent à garder le cap. Steve avait pris un air empressé, et je m'attendais presque à l'entendre crier : « Dégagez ! » tandis qu'il suivait Michael. Philip, pendant ce temps, progressait comme il le pouvait. Tous deux semblaient ne pas entendre la question répétée autour d'eux, uniquement préoccupés par leur rôle de garde d'honneur de Michael. Rôle qu'ils abandonnèrent quand ils me virent en possession du marteau et des piquets. Sans réfléchir, ils se précipitèrent vers l'endroit où figuraient naguère les rectangles. Ce qui, bien entendu, les sépara de Michael, et tout à coup ils furent perdus, incapables de bouger, au cœur de la foule en effervescence. Je craignis un instant pour leur sécurité, mais, heureusement pour eux, Michael retenait l'attention générale. Lui aussi avait remarqué le marteau et les piquets dans ma main. Il s'approcha et me les prit.

— Quand allons-nous bâtir notre ville en fer-blanc ? criait la foule.

Michael leva les ustensiles en l'air. L'assistance fit le silence.

— La prochaine fois que nous utiliserons ce marteau et ces piquets, déclara-t-il, ce sera pour nos maisons !

S'ensuivirent des acclamations enthousiastes et, au milieu de la foule, je sentis une vibration de joyeuse impatience.

— Voici ce que j'avais l'intention de vous dire depuis longtemps ! poursuivit-il. Mais j'attendais que vous soyez prêts ! Aujourd'hui, enfin, ce jour est venu, et je peux répondre à la question ! Vous me demandez quand nous allons bâtir notre ville en fer-blanc, et je vous dis : jamais !

Pendant quelques secondes, le temps que ces mots prennent sens, la plupart des gens autour de moi restèrent bouche bée. Puis un grognement de déception tel que je n'en avais jamais entendu monta et menaça de le submerger.

— Jamais ? dit Alison. Qu'est-ce que ça veut dire, jamais ?

— Voici l'étape importante dont je vous parlais, répondit Michael. Nous n'avons plus besoin de fer-blanc ! Et pourquoi ? Parce qu'il y a de l'argile ici ! Désormais, nous pouvons fabriquer des briques et des tuiles ! Nous pouvons bâtir de vraies maisons, avec des fondations, et des murs qui ne grinceront ni ne gémiront pas à chaque souffle de vent !

— Nous ne savons pas construire avec de l'argile, dit Patrick Pybus. Nous ne connaissons que le fer-blanc.

— Vous pouvez apprendre, répliqua Michael. Et si vous apprenez, alors vous pouvez construire. Bâtissez une grande ville de brique dans ce cañon que vous avez créé !

— Mais nous avons déjà une ville en fer-blanc ! cria quelqu'un, provoquant des acclamations.

— Abandonnez-la ! ordonna-t-il. Laissons-la, dressée comme un monument à notre folie et à nos illusions perdues ! À partir de ce jour, nous ne bâtissons qu'avec de la brique !

Suivit un bref répit, pendant lequel un ou deux individus des premiers rangs répétèrent ce qu'ils venaient d'entendre. « Nous ne bâtissons qu'avec de la brique », disaient-ils, comme s'ils en éprouvaient la sonorité à leurs propres oreilles. « À partir de ce jour, nous ne bâtissons qu'avec de la brique. » Ces mots furent repris par d'autres, puis d'autres encore, et peu à peu la doctrine se répandit. Par petits groupes et par paires, ils se mirent à discuter de la nouvelle déclaration de Michael. Elle avait provoqué un séisme, car ils avaient toujours cru n'avoir qu'un cañon à creuser et qu'ensuite leur ville aurait pu être fondée en une nuit. À présent, semblait-il, une étape supplémentaire les attendait.

En les regardant se diriger lentement vers le campement, je me rendis compte qu'il avait obtenu leur obédience une fois encore. Dorénavant, ils n'allaient bâtir qu'avec de la brique.

C'était un dénouement que je jugeai des plus satisfaisants.

19

Par certains côtés, je me sentais plutôt désolé pour Simon, Steve et Philip. C'est vrai, ils avaient été novateurs dans un domaine particulier, et tout d'un coup ils en avaient été dépossédés. Habiter dans une maison en fer-blanc avait cessé d'être un grand rêve. Ce qui fait que leur connaissance du sujet n'offrait aucun avantage. Auparavant, ils étaient parvenus à se convaincre que ça pourrait les favoriser auprès de Michael, mais l'épisode des piquets leur avait démontré le contraire. Tout ce qu'ils pouvaient espérer, c'était suivre son exemple et trouver leur place dans la cité de brique.

À leur crédit, ils semblèrent le comprendre rapidement, et ils se conformèrent au nouveau régime en deux jours à peine. Il était cependant évident que certaines de leurs habitudes n'étaient pas près de changer. Par exemple, il arrivait encore que Steve harcèle une équipe d'ouvriers avec des ordres de toutes sortes. La différence, à présent, c'était que personne n'y portait plus la moindre attention, la rumeur de sa déconfiture l'ayant précédé. Aucunement découragé, il s'intronisa responsable des treuils, ce qui canalisait son énergie à merveille, tout le monde en convenait. Le fait que personne d'autre ne voulait ce boulot ne parut pas le déranger. Philip, bien entendu, était toujours à ses côtés pour lui prêter main-forte, et ces deux-là passaient des heures à entretenir un dispositif qui en réalité ne nécessitait aucun entretien.

Pendant ce temps, Simon s'était fixé comme tâche de créer un drapeau destiné à orner sa future maison. Son optimisme antérieur était revenu au grand galop, et il était persuadé qu'il ferait partie des premiers habitants de la ville nouvelle. Le soir, il faisait le tour du campement pour essayer de rallier des partisans pour son projet, à savoir que chaque habitation devrait posséder son propre drapeau. Comme Steve et Philip, cependant, on ne le prenait plus au sérieux.

Pour ma part, je me mis à passer de plus en plus de temps en compagnie des femmes, bien que je doive peut-être ajouter que les relations ne dépassèrent jamais la franche camaraderie, puisqu'il était impossible d'obtenir une intimité suffisante sous les bâches, même en plaçant les abattants. En effet, le site devenait très peuplé. Les nouvelles recrues arrivaient sans discontinuer dans le cañon, et il fallait elles aussi les loger. Parfois, je regardais autour de moi et me demandais où elles allaient pouvoir s'installer, mais je dois admettre qu'à chaque fois l'opération était parfaitement menée. Michael semblait redoubler d'énergie. L'approvisionnement combiné d'argile et de main-d'œuvre lui fournissait toutes les ressources dont il avait besoin, et plus le cañon prenait de l'ampleur, plus il montrait d'enthousiasme. Même Alison Hopewell s'était laissé entraîner dans cette affaire. Toutes ses préventions s'étaient évanouies et elle était à présent parmi les premières à se lever le matin, lui proposant souvent de l'accompagner et de l'aider quand il allait inspecter de nouveaux terrains. Ils revenaient des heures plus tard, comblés par les charmes du printemps.

Il y en avait cependant une qui doutait de lui. Jane Day avait été la plus ardente des disciples de Michael, et je croyais qu'elle aurait été de ceux qui auraient d'emblée adopté la ligne et accepté les changements sans objection. Au lieu de ça, quand elle apprit qu'il fallait renoncer à la ville en fer-blanc, elle exprima son désaccord. Ce n'était guère plus qu'une jérémiade : une plainte insignifiante qui n'avait pas de substance. Ce fut pourtant suffisant pour semer le mécontentement. Ses récriminations surgirent un beau jour, alors que notre équipe, qui comprenait Jane et Sarah, travaillait auprès des lits d'argile, à mettre en place la production de briques et de tuiles. Il fallait d'abord ériger de nombreux fours avant même d'envisager la construction de la ville elle-même, et la plupart admettaient que le chantier allait durer un bon moment. Jane, cependant, parut rapidement perdre tout intérêt à la chose. Par voie de conséquence, elle se mit à chercher les défauts de celui qui en avait émis l'idée.

— Je suppose que Michael habitera à l'écart du reste d'entre nous, dit-elle. Lorsque la nouvelle ville sera achevée.

— C'est possible, répondis-je. La maison en fer-blanc qui est toute seule, c'est la sienne, je suppose ?

— Oui, dit Jane. Pendant ce temps, nous autres sommes entassés. À tous les coups il va garder la moitié du cañon, et il faudra que nous nous partagions le reste.

— Ma foi, je pense que Michael a droit à un peu d'espace pour lui, remarqua une des autres, après tout ce qu'il a fait pour nous.

— Mais qu'est-ce qu'il a fait exactement ?

La brusquerie de la question de Jane fit que ceux qui se tenaient à proximité arrêtèrent de travailler et levèrent les yeux. La femme fut visiblement prise de court, car elle hésita un instant avant de répondre. Ce laps de temps offrit à Jane une ouverture supplémentaire.

— Je vais vous dire ce qu'il a fait, dit-elle. Il s'est fichu de nous.

— Oh, Jane ! s'exclama Sarah. Comment peux-tu dire une chose pareille alors qu'il est en train de bâtir une grande ville nouvelle, tout en brique ?

— Parce que je veux habiter dans une maison en fer-blanc ! s'écria Jane d'une voix suraiguë. C'est pour ça que je suis venue ici.

— Comme nous tous, dit Sarah. Mais à présent Michael nous a demandé de franchir une étape supplémentaire.

Et Jane de partir d'un grand rire.

— Et qu'est-ce qu'il y aura après ? Hein ? Quelle sera l'étape suivante ? De nouvelles promesses ? Autre chose, pour que nous continuions à trimer comme des esclaves ? Si vous voulez mon avis, il nous mène en bateau et nous nous sommes fait avoir ! À cette allure, nous sommes coincés ici à perpétuité !

Sarah la dévisagea d'un air abasourdi, et sur ces entrefaites Jane tourna les talons pour se diriger à grands pas vers le sentier. Tout le monde l'observa en silence pendant qu'elle traversait le cañon en direction des échelles, puis commençait à les gravir.

— Tu vas bien ? demanda quelqu'un à Sarah, qui avait l'air un peu choquée.

— Comme ci comme ça, répondit-elle en regardant la silhouette de Jane qui rapetissait. Je ne sais pas ce qui lui prend, ces derniers temps.

— Là, on peut dire qu'elle a marqué un point, non ?

Ce commentaire provenait d'un homme que j'avais rencontré une fois, chez Simon Painter. À cette occasion, il nous avait demandé d'écouter le vent sous l'avant-toit, comme s'il venait de faire une découverte profonde et essentielle. C'est pourquoi je ne lui avais pas porté beaucoup d'attention. À présent, semblait-il, il se rangeait aux arguments de Jane.

— De quel point parles-tu ? lui demandai-je. Simple curiosité.

— Tu devrais le savoir, dit-il. C'est toi le grand spécialiste du fer-blanc.

— Peut-être bien, mais je ne vois toujours pas de quoi tu causes.

— C'est simple, répondit-il. Jane désire habiter une maison en fer-blanc, c'est tout. Les prétendues étapes supplémentaires, ça ne l'intéresse pas.

— Et toi, tu es d'accord avec elle ?

— À la limite, oui.

— Mais à long terme, il vaut mieux de la brique, c'est sûr, dit Sarah.

— Bon, si tu veux croire ça, c'est ton affaire. Pour être franc, j'en ai marre.

Comme la discussion avait repris, d'autres membres de l'équipe vinrent s'y joindre, offrant tous différents points de vue. Il apparut bientôt que certains d'entre eux n'étaient pas convaincus, loin s'en faut, par les perspectives qu'offrait Michael. Ils étaient toujours partants, disaient-ils, mais bâtir des maisons en brique leur semblait une corvée sacrément rude. Ce serait tellement plus simple d'habiter une ville en fer-blanc !

Je décidai de garder pour moi mon avis sur le sujet, et j'allais me remettre au travail quand je remarquai une femme qui descendait l'échelle que Jane venait d'emprunter. Ses mouvements m'étaient très familiers, alors je l'observai jusqu'à ce qu'elle soit parvenue au fond, où elle resta à regarder autour d'elle comme si elle cherchait à se repérer. De toute évidence une nouvelle, me dis-je, juste avant de me rendre compte qu'il s'agissait de Mary Petrie !

Je posai mes outils et partis à sa rencontre, me demandant ce qui avait pu la pousser à parcourir tout ce chemin. Puis il me vint brutalement à l'esprit que quelque chose était sûrement arrivé à la maison ! Au bord de la panique, je me mis à courir, dévalant les planches et les chemins jusqu'à l'autre côté du cañon. Mary Petrie me vit arriver et attendit.

— Tu es aussi cinglé que cette femme sur l'échelle, dit-elle tandis que j'arrivais à fond de train. Elle a failli me faire tomber en me bousculant, tellement elle était pressée.

— Il y a quelque chose qui ne va pas ? lui demandai-je, après l'embrassade d'usage.

— C'est ce que j'allais te demander.

— Pourquoi ?

— Parce que tu n'es pas revenu, bien sûr !

— Oh, c'est vrai ! dis-je. Bon, je vais t'expliquer.

Je lui fis ensuite le compte rendu complet de mon arrivée, de ma rencontre avec tout le monde, des raisons qui avaient fait que j'étais resté un moment pour donner un coup de main au cañon. Il me fallut à peu près dix minutes, et, lorsque j'en eus terminé, Mary Petrie me dit :

— Ne prends pas la peine de me demander comment ça s'est passé pour moi, surtout.

— Comment ça s'est passé pour toi ?

— Ça va, répondit-elle. Et tu seras heureux d'apprendre que ta précieuse maison est toujours debout.

— Normal, dis-je. Apparemment, c'est Michael qui l'a bâtie.

— Ah oui, le grand Michael Hawkins ! Je meurs d'envie de le rencontrer !

— Michael est un type qui gagne à être connu, observai-je. Il a de grands projets pour cet endroit.

— C’est ce que j’ai entendu dire. Ils ne parlent que de ça dans la ville en fer-blanc.

— Oh, tu y es allée, alors ? Qu’est-ce que tu en as pensé ?

— Très charmant, vraiment, mais je ne pourrais pas y habiter.

— Pourquoi ça ?

— Parce qu’ils n’arrêtent pas de raconter des âneries. C’est vrai, je croyais que tu étais du genre obsessionnel, mais au moins tu as la tête sur les épaules. Ceux-là n’arrêtent pas de bavasser sur les maisons en fer-blanc et les maisons en brique, et il est évident qu’ils ne savent pas de quoi ils parlent.

— Ma foi, c’est possible, répondis-je. Mais il faudra que tu surveilles tes paroles dans le coin : ils sont un peu susceptibles sur ce sujet.

— Je m’en fiche, dit Mary Petrie. Je te l’ai déjà dit, ce n’est pas l’endroit où tu habites qui est important, mais avec qui tu vis.

— Je sais, je sais, mais tant que nous sommes ici…

— Et combien de temps ça va durer ?

— Je ne sais pas trop, dis-je. Ça dépend.

Une telle réponse, inutile de le dire, n’était absolument pas satisfaisante, et Mary Petrie paraissait être sur le point de me le faire remarquer quand notre conversation fut interrompue. C’était le moment de la journée où les volontaires qui avaient fait leurs deux ou trois jours de service quittaient le cañon pour être remplacés par les troupes fraîches de la ville. Ce qui fit que le bas de l’échelle devint un endroit très animé, et nous fûmes obligés de nous écarter du passage. Nous observâmes les diverses équipes se succéder et entamer leur ascension, y compris le groupe avec lequel j’avais travaillé récemment aux lits d’argile.

— Ils vont se reposer quelques jours, expliquai-je.

— Et toi ? demanda Mary Petrie. Tu n'y vas pas également ?

— Non, ça m'est égal. Autant rester ici sous les bâches.

Ce n'était pas tout à fait la vérité, bien sûr, puisque la maison en fer-blanc aura toujours ma préférence. Le vrai problème était que je ne me sentais pas capable d'affronter la montée sans Michael, et ça faisait maintenant un bon moment qu'il n'avait pas quitté le cañon. Du coup, moi non plus. Chaque fois que des groupes partaient chez eux se reposer, je prétextais un coup de main à donner pour rester en arrière, et ils me croyaient à cause de ma fameuse indépendance d'esprit. Peu après une nouvelle fournée descendait les rampes et les échelles, bruyamment enthousiaste, et j'étais parmi les premiers à l'accueillir.

En l'occurrence, les gens arrivaient au compte-gouttes ce soir-là. Le peu qui descendait et se dirigeait vers le campement ne remplaçait pas en nombre ceux qui venaient de s'en aller, loin s'en fallait, et je me demandai vaguement ce qu'il était advenu des autres.

— Viens, dis-je. Il est l'heure d'aller manger un morceau.

J'étais conscient que le campement ne serait pas du tout du goût de Mary Petrie, et plutôt que nous y rendre directement, je lui fis faire d'abord une petite visite. Nous suivîmes un itinéraire sinueux le long de planches et sentiers variés et je lui montrai les excavations auxquelles j'avais participé, puis nous nous rendîmes auprès de Steve et Philip. Ils étaient en train d'assurer l'entretien d'un treuil. Au moment où Steve découvrit Mary Petrie, il interrompit son travail et se lança dans une explication technique complète sur le fonctionnement de l'appareil. Je devinais que le sujet ne l'intéressait pas le moins du monde, et trouvais qu'elle faisait preuve d'une patience remarquable en écoutant poliment jusqu'au bout. Après avoir posé une ou deux questions à la manière d'un dignitaire en visite, elle commença à s'éloigner lentement, plantant Steve au milieu de sa phrase, comme il divaguait à propos de cordes et de poulies.

Il se tourna vers moi, la mine déconcertée.

— Ça a bien bossé ici ? lui demandai-je.

— Pas tellement, dit-il. Les gens creusent moitié moins vite quand Michael n'est pas dans les parages.

— Où est-il aujourd'hui ?

— Il inspecte l'autre bout du cañon.

— Avec Alison Hopewell ?

— Oui.

— Pour changer. Euh... Bien, il vaut mieux que j'aille rejoindre Mary. Sinon je risque de subir ses foudres : tu sais comment elle est, parfois.

— Je vois très bien, répondit Steve. Mais quand même, ça fait plaisir de la revoir.

— Oui, je suppose.

Pendant ce temps, Mary Petrie s'était approchée des lits d'argile, et elle promena un regard vague sur les travaux en cours.

— Au fait, me dit-elle lorsque je l'eus rejointe. J'ai rencontré un autre de tes amis là-haut, en ville.

— Qui ça ?

— Patrick Pybus.

— Oh, lui ! dis-je. Ce n'est pas à proprement parler un ami : il s'est simplement attaché à moi, c'est tout.

— Ma foi, il dit grand bien de toi.

— Ah bon ?

— Oh oui ! dit-elle. Tu es manifestement quelqu'un de très apprécié.

— C'est parce que je sais tout sur les maisons en fer-blanc, observai-je. Dès qu'ils se mettront à construire des maisons en brique, ils oublieront mon existence.

Puisque nous étions à cet endroit, j'en profitai pour lui montrer l'emplacement des fours. Mais il sautait aux yeux qu'elle se lassait, alors je la conduisis au campement, où l'on était sur le point de servir le repas. Comme d'habitude, j'avais une place réservée à une table, ce qui, je crois, impressionna Mary Petrie. Néanmoins, je craignais qu'elle répugne à dormir sous les bâches. Si tel était le cas, je ne voyais pas comment je pourrais résoudre le problème.

Pendant le dîner, je remarquai que bon nombre de conversations tournaient autour de Jane Day et de son emportement de l'après-midi. J'aurais cru que son point de vue serait condamné sans autre forme de procès, tout au moins en public, et je fus donc étonné d'entendre de nombreux commentaires favorables, même de la part de ceux qui avaient parfaitement admis la supériorité de la brique sur le fer-blanc.

La discussion s'interrompit au retour de Michael Hawkins. Il était accompagné d'Alison, qui paraissait crevée et qui fila aussitôt au lit. Je saisis donc l'occasion de présenter Mary Petrie à Michael. Il déploya tout son charme, lui souhaitant chaleureusement la bienvenue avant d'annoncer que les plans pour les premières habitations étaient maintenant dressés.

— Nous commencerons à creuser les fondations demain, déclara-t-il en me regardant. Comment les fours se présentent-ils ?

— Pas trop mal, dis-je. Mais nous manquons un peu de main-d'œuvre.

Une ombre apparut sur le visage de Michael et il promena son regard autour de lui.

— Oui, tu as raison, admit-il. Où sont-ils tous ?

— En haut à la ville de fer-blanc, je suppose.

— Bon, est-ce que tu pourrais me rendre un service et compter ceux qui sont ici ?

— Oui, dis-je. Bien sûr.

Michael me demandait souvent de me charger de tâches de cette nature, petites mais importantes, et sa requête ne m'étonna pas. Aussitôt mon repas terminé, je fis le tour des tables pour compter les présents, puis celui des excavations excentrées pour voir si certains travaillaient tard. En l'occurrence, il ne restait personne, et le nombre des personnes disponibles pour travailler s'élevait à moins de quatre-vingts. Le contraste avec les centaines qui s'assemblaient d'habitude dans le cañon était terrible, et quand je rejoignis Michael, je me faisais l'effet d'un oiseau de mauvais augure.

— Pas grave, dit-il, apparemment peu ému. Il va juste falloir que nous lancions un recrutement, c'est tout.

Durant mon absence, Mary Petrie et lui avaient visiblement bien sympathisé. Elle avait d'ores et déjà accepté de l'accompagner à une visite d'inspection le lendemain et elle était partie se coucher tôt dans cette perspective.

— Je lui ai aménagé un endroit sous les bâches, dit-il. Elle devrait y être bien au chaud.

20

La première chose que je découvris en m'éveillant le lendemain matin fut que d'autres travailleurs s'étaient esquivés pendant la nuit. La raison d'un départ à ce point clandestin m'échappait, car Michael avait toujours été franc et loyal avec eux. Personne n'avait été obligé de venir dans le cañon, ou retenu contre son gré, et malgré tout, lorsque je me levai, ils étaient trois douzaines à avoir filé comme s'ils s'évadaient ! Errant en quête d'un petit déjeuner, j'avisai Simon, Steve et Philip installés à une table, en grande discussion, et j'allai les rejoindre. Pendant quelques instants, ils firent comme s'ils ne m'avaient pas remarqué, alors que je savais très bien qu'ils m'avaient vu approcher. Puis tout à coup Simon se tourna vers moi et me dit :

— Tu es au courant des dernières rumeurs ?

— Non, répondis-je. De quoi est-il question ?

— On raconte que Jane Day a été expulsée du cañon à cause de son franc-parler.

— Expulsée ?

— Condamnée à l'exil par Michael en personne.

— Mais c'est ridicule ! dis-je. Elle est partie de son propre chef !

— Nous te répétons seulement ce que les gens disent, susurra Philip. Pour que tu sois au courant.

— Eh bien, j'espère que vous trois les avez détrompés ! dis-je sèchement.

— Nous ne nous en mêlons pas, dit Steve.

Il prononça ces mots sur un ton boudeur que je croyais révolu. Pendant ce temps, Simon et Philip me regardaient avec résignation.

— Alors vous allez vous laver les mains de toute cette affaire ? demandai-je.

— Qu'y pouvons-nous ? répondit Simon en haussant les épaules. Nous avons essayé, mais personne ne nous écoute plus.

Une sorte de dépression s'abattit sur le campement pour le restant de la journée. Aucun de ceux qui restaient n'avait le cœur à l'ouvrage, et ils passèrent leur temps à faire le pied de grue et à bavarder, rassemblés en petits groupes. Je consacrai un moment à déambuler autour des lits d'argile pour remettre les planches en place, ce genre de choses, mais rapidement je perdis mon entrain, moi aussi.

Sur le treuil, les seaux pendaient, vides et inutiles, alors que Steve et les autres étaient attablés à poursuivre leur discussion. Je vis de loin Alison Hopewell surgir de sous la bâche et se diriger vers eux. Elle manifestait une certaine agitation, me dis-je, et faisait le tour de la table en gesticulant. Il y avait manifestement quelque chose qui l'avait mise hors d'elle, et je m'approchais pour découvrir quel était le problème, quand tout à coup elle s'éloigna le long d'un sentier. Je la suivis pendant quelques centaines de mètres, sans pouvoir la rattraper, puis je finis par me dire qu'elle préférait probablement qu'on la laisse seule. C'est pourquoi je fis demi-tour.

Au cours de l'après-midi, il me vint à l'esprit que Michael s'était certainement levé trop tôt pour s'être aperçu de la baisse des effectifs. Je savais que seule sa présence pouvait retourner la situation, et c'est avec cette pensée en tête que je partis à la recherche de Mary Petrie et de lui. Je les retrouvai un peu plus tard, flânant côte à côte en direction du campement, et manifestement pas pressés de le rejoindre. Quand ils me virent approcher, ils accélèrent le pas.

— Que se passe-t-il ? demanda Michael.

— Eh bien, je crois qu'il est urgent que tu reviennes, répondis-je. Il ne reste plus grand monde.

Ce qui se confirma quand nous arrivâmes à proximité et découvrîmes les bâches laissées à l'abandon et flottant dans la brise du soir. Les tables étaient désertes, tout comme les sentiers alentour. Il s'avéra que même Simon, Steve et Philip étaient partis, et lorsque nous regardâmes du côté des échelles, nous aperçûmes les derniers déserteurs disparaître au sommet. Michael fit halte et examina l'œuvre qu'il avait entreprise, mais qui maintenant paraissait vouée à l'échec. Le silence et la désolation régnaient sur le site tout entier, au fond de ce cañon qui était censé abriter son peuple. Même les lits d'argile, ouverts depuis peu, étaient déjà en train de se craqueler et de s'assécher. Les espoirs de voir s'ériger une grande ville nouvelle paraissaient très faibles.

Tout à coup Michael se tourna vers nous et claqua des mains.

— Très bien, déclara-t-il. S'ils ne veulent pas venir à moi, c'est moi qui irai vers eux !

Sur ces mots, il fila à grandes enjambées en direction de la voie d'escalade, Mary Petrie dans son sillage. Elle n'avait pas dit grand-chose depuis son retour, mais elle écoutait attentivement ce que Michael avait à dire.

Il y avait dans ses yeux une expression que je n'avais jamais vue auparavant.

Moi aussi, j'avais envie d'accompagner Michael, tout d'abord parce que sans lui je ne pouvais pas affronter les échelles. Il était déjà à mi-chemin de la première quand j'arrivai en bas, alors je saisis les barreaux et me mis à le suivre aveuglément. Il n'y avait plus de mots rassurants pour m'encourager dans mon escalade, comme lors de la descente, et je n'avais donc pas d'autre choix que d'agir exactement comme lui, plaçant les mains et les pieds là où il avait placé les siens, marquant une pause lorsqu'il en marquait une. Mary Petrie faisait de même, et tous trois progressâmes régulièrement le long des échelles et des rampes avant de parvenir enfin au sommet, sur la plaine. Je sentis aussitôt sur mon visage l'âpreté du vent qui m'était si familière quelques semaines auparavant, mais que j'avais peu à peu oubliée en bas dans la douceur du climat. Alors que mes compagnons étaient partis devant, je m'arrêtai un moment pour jeter un dernier regard dans le cañon, certain désormais que je n'y reviendrais pas. Puis je me détournai et me lançai à la poursuite des deux autres.

Je ne savais pas au juste si Michael avait l'intention de se rendre directement à la ville de fer-blanc ou passer par sa maison, qui comme je l'ai déjà dit était située à l'écart. Peut-être, me disais-je, allait-il prendre un peu de repos et se préparer, voire répéter un discours, avant d'aborder ses disciples évanouis. Ainsi l'occasion me serait donnée de voir de mes yeux la plus belle entre toutes des maisons en fer-blanc : celle que le maître avait élue. Voilà quelque chose que je souhaitais depuis que j'avais posé les yeux sur les lieux, mais je n'avais jamais eu la possibilité de l'approcher. Tout en marchant, je pris peu à peu conscience d'un regain d'activité hors des murs de la ville, et le temps que je rattrape Michael, il apparut qu'une foule nombreuse s'était rassemblée à cet endroit.

— On dirait qu'ils tiennent une sorte de réunion, dis-je. À propos de quoi, à ton avis ?

— Ma foi, nous n'allons pas tarder à le savoir, répondit-il. Ils nous ont vus arriver.

Au moment où il prononçait ces paroles, un cri se fit entendre, et aussitôt après quelques éléments de la bande commencèrent à affluer vers nous. Les autres, cependant, restèrent à tourner en rond à leur place, et semblèrent hésiter avant de finalement suivre le mouvement général. Ce qui faisait qu'une procession désordonnée s'approchait de nous, procession dont les intentions apparaissaient très incertaines.

— Fais attention, s'il te plaît, l'exhorta Mary Petrie, tandis que Michael s'avançait à la rencontre de l'avant-garde.

— Ça va bien se passer, dit-il. Ils ont juste besoin d'entendre quelques paroles de motivation, voilà tout.

Je n'en étais pas si sûr. D'où j'étais, il me semblait que la bande de meneurs était déjà assez motivée. En première ligne se trouvait Patrick Pybus, accompagné de Jane, Sarah et leurs adjoints, les uns à côté des autres, parlant fort et se lançant des encouragements gutturaux. Ignorant les hésitations de ceux qui restaient derrière, ils fonçaient droit devant comme s'ils avaient pris les affaires en main. Ce qui se confirma quand Patrick se présenta en tant que porte-parole, embrassant Michael dans une étreinte fraternelle et lui souhaitant chaleureusement la bienvenue.

Puis il prit la parole.

— Nous sommes contents de ta présence car nous avons pris une importante décision. Il ne manque que ton consentement.

— Je vois, dit Michael. Bon, dis-moi ce que vous avez décidé.

— Nous pensons que nous devrions avoir le choix entre le fer-blanc et la brique.

Patrick fit sa déclaration sur un ton ferme qui n'évoquait ni la prière ni la requête. Au contraire, il s'exprimait comme s'il énonçait un fait, simple et sans compromis, dont l'approbation devrait être une simple formalité. Il parut malgré tout content quand Michael répondit :

— Oui, bien entendu, vous êtes libres de votre choix.

— Tu n'y vois pas d'objection, alors ? demanda Patrick. Si nous gardons le fer-blanc ?

— Pas du tout, fut la réponse. Si vous désirez rester ici sur cette plaine, libre à vous.

La figure de Patrick s'allongea.

— Oh non ! dit-il. Tu m'as mal compris. Nous voulons déménager dans le cañon.

— Mais ce n'est pas possible, dit Michael.

— Pourquoi ça ?

— Parce que je ne le permettrai pas.

Pendant cette brève discussion, nombreux étaient ceux qui étaient arrivés, et un cercle commença à se former autour de nous à mesure que d'autres affluaient de l'arrière. À en juger par leur expression, ils ne partageaient pas tous l'opinion de Patrick et de ses acolytes. Certains désapprouvaient manifestement, le reste demeurait indécis. Ces différentes factions furent bientôt rejointes par la foule de ceux qui n'avaient rien saisi de ce qui s'était dit, et qui à présent s'efforçaient d'entendre, jouant des coudes pour être mieux placés. Un profond ahurissement se lisait sur leurs visages. Ils s'entassèrent en une grosse masse grouillante, confus et inquiets devant le choix crucial qui les attendait.

— Tu ne le permettras pas ? dit quelqu'un sur un ton narquois. Tu ne permettras pas les maisons en fer-blanc ?

C'était la voix de Jane Day, et lorsque je regardai dans sa direction, je sus aussitôt qu'elle savourait chaque seconde de cette confrontation. Elle se trouvait au cœur de la foule et ricanait avec délectation en attendant la réponse de Michael. Quant à moi, son attitude autoritaire m'alarmait. Ces dernières semaines, j'avais été fortement impressionné par la façon subtile qu'il avait de traiter avec ses disciples, laissant toujours la place aux objections et sans jamais leur montrer de mépris. Je m'apercevais à présent que même Michael avait ses limites. Les circonstances présentes demandaient une diplomatie extrême, et voici qu'il donnait l'impression de s'entêter comme une mule. On aurait dit qu'il cherchait délibérément les ennuis, et Jane Day fut prompte à s'en apercevoir.

— Allez ! réclama-t-elle. Donne-nous ta réponse !

— Tu la connais déjà, ma réponse, répliqua Michael. Vous n'avez pas le droit d'aller dans mon cañon à moins de bâtir en brique.

— Pas le droit ? dit Jane en élevant la voix. Pas le droit !?

Elle piqua du doigt la poitrine de Michael. Il recula un peu. Quelques membres de l'assemblée y virent un signe de faiblesse et se mirent à le huer. Forte de ces encouragements, Jane le poussa à nouveau. « Pas le droit !? » aboya-t-elle, tandis qu'en faisant un pas en arrière il perdait l'équilibre. Des mains se tendirent pour le retenir, mais au même instant d'autres l'empoignèrent et commencèrent à le tirer. « Attrapez-le ! hurlaient-ils. Il est à nous ! » La foule se referma sur lui et Michael fut sévèrement ballotté d'un groupe à l'autre dans leur lutte acharnée pour s'emparer de lui. Pendant ce temps, Jane sautillait frénétiquement parmi eux en lançant des ordres délirants. « Écartelez-le ! couina-t-elle. Mettez-le en pièces ! » L'instant d'après, ils avaient saisi leur prisonnier par les bras et les jambes et le tiraient dans les quatre directions. Mary Petrie se tourna vers moi, le regard flamboyant.

— Fais quelque chose ! s'écria-t-elle. Tu es le seul qu'ils écouteront !

Mon regard capta un lointain reflet.

— Sa maison ! meuglai-je. Mettez plutôt sa maison en morceaux !

— Sa maison ! reprit Mary Petrie en désespoir de cause. Sa maison, sa maison !

En lisière de la foule, j'aperçus Simon, Steve et Philip, qui tentaient vainement de passer. Leur intention n'était pas claire, mais quand ils perçurent mon appel, ils virèrent instantanément et filèrent en direction de la structure de fer-blanc isolée. Certains s'extirpèrent de la masse pour les suivre, puis d'autres, ce qui me permit de m'approcher de ceux qui tenaient Michael.

— Pas lui, sa maison ! hurlai-je sans discontinuer jusqu'à ce qu'enfin ils m'entendent, relâchant l'un après l'autre leur étreinte pour foncer vers les lieux de la démolition, qui avait déjà démarré.

Il ne resta finalement plus que Jane. Avec un hurlement strident, elle me contourna pour tenter de rouer de coups Michael, qui gisait à présent sans bouger sur le sol. Mary Petrie l'expulsa sur-le-champ en émettant un mugissement féroce qui la terrifia, et elle la pourchassa jusqu'à mi-chemin de la ville avant de faire demi-tour.

Un grognement de Michael m'apprit qu'il était encore entier, alors je l'aidai à se remettre sur ses pieds et l'observai qui s'éloignait en trébuchant. Du côté de sa maison nous parvint une grande clameur. La destruction était désormais achevée et chacun s'emparait de ce qu'il trouvait. En regardant bien, cependant, il m'apparut évident que le butin ne serait pas suffisant pour tout le monde, et bientôt des disputes et des bagarres éclatèrent parmi les pillards. Puis, tout à coup, la horde entière s'élança vers la ville, animée d'une intention que je ne saisissais pas très bien. Ce ne fut que lorsqu'ils s'attaquèrent à leurs propres maisons que je compris. Ils pullulaient autour des murs et sur les toits, les mettant en morceaux, qu'ils balançaient au petit bonheur. Ainsi volèrent volets et portes, cheminées et tuyaux de gouttière, en dépit du bon sens. Par équipe, ils rassemblèrent les pièces par taille et commencèrent à les transporter vers le cañon, les déposant au bord avant de retourner en chercher d'autres.

Au centre du chaos où je demeurais, je me sentais assez peu concerné. Je savais qu'il me suffisait d'attendre. Quelques instants plus tard, Mary Petrie me rejoignit et me demanda comment allait Michael. Je lui désignai une silhouette solitaire.

— Il faut que j'aille le consoler, dit-elle.

Le ciel s'obscurcissait, mais la cité mourante continuait toujours d'être démantelée, entassée et emportée. Personne ne semblait avoir pris le temps de réfléchir au moyen de remonter l'ensemble. Au contraire, ils se lançaient des ordres les uns aux autres et se chamaillaient autour des éléments luisants, alors que la nuit tombait et que la lune apparaissait. Pour finir, il n'y eut plus rien d'entier à voir : tout ce qui restait de la cité était un amoncellement de fer-blanc, en équilibre précaire à la lisière du cañon. J'entendais les treuils que l'on manœuvrait pour tenter de descendre les différentes parties. Mais plus souvent me parvenaient des disputes sur la façon de s'y prendre. Quelques-uns essayèrent de faire passer les pièces par les échelles et les rampes – mais les accidents furent fréquents – ou bien ils restèrent bloqués dans la nuit tombante. D'autres se mirent à chiper les affaires de leurs anciens camarades. Il y eut des cris, et des cognements métalliques, et à nouveau des cris. Au milieu de tout cela, je perçus la voix plaintive d'une femme qui implorait : « Où est-il ? Où est-il passé ? »

Aux alentours de minuit, alors que j'étais assis à regarder le capharnaüm, je fus abordé par un groupe de trois hommes. Ils étaient conduits par Patrick Pybus.

— Nous ne savons pas quoi faire, dit-il. Notre ville est en ruine, nous avons besoin qu'on nous guide.

— Ma foi, comment voulez-vous que je vous donne la solution, répliquai-je, alors que vous n'écoutez même pas Michael ?

— Il nous en a trop demandé, dit Patrick. Tout ce que nous voulions, c'était un endroit où la vie aurait été meilleure, voilà tout.

— Alors il ne vous reste plus qu'une chose à faire, mais si je vous le dis, vous n'allez pas apprécier.

— Vas-y quand même, demanda un autre. S'il te plaît.

— Seulement si vous promettez de m'obéir.

— Promis ! s'écria Patrick Pybus. Mais dis-nous !

— Très bien.

Je me mis sur mes pieds et demeurai un long moment à scruter leurs visages tournés vers moi. Puis je rendis mon jugement.

— Il faut tout balancer dans le précipice ! dis-je. Et retourner là d'où vous êtes venus !

21

J'habite une maison construite entièrement en fer-blanc, avec quatre murs en fer-blanc, un toit en fer-blanc, une cheminée et une porte. Entièrement en fer-blanc.

Ma maison n'a pas de fenêtres parce qu'il n'y a rien à voir. Oui, il y a bien des volets que l'on peut utiliser pour laisser entrer la lumière si besoin est, mais ils restent généralement fermés à cause du temps. Elle est située dans un endroit sauvage, ma maison, au fin fond de la plaine. La nuit, pendant des heures, elle grince et gémit sous l'assaut du vent qui cherche une ouverture par où se faufiler. À une époque, je craignais que dans des conditions aussi hostiles elle vienne un beau jour à s'effondrer. Mais maintenant, je suis certain que l'édifice est très solide. Celui qui l'a bâti y a veillé.

J'ai entendu dire qu'il envisage de revenir et de recommencer son travail. Si c'est le cas, il sera évidemment le bienvenu, car son savoir est incomparable, mais jusqu'à présent je n'ai eu aucun signe de lui.

De temps en temps, des gens se baladent dans la plaine à la recherche d'un endroit meilleur. Certains d'entre eux disent qu'ils veulent vivre comme moi, protégé des éléments par rien de plus qu'une épaisseur de tôle ondulée. S'ils me demandent conseil, je leur réponds qu'ils peuvent trouver du réconfort ici à condition de ne pas trop exiger. Quelques-uns restent ; les autres s'en vont.

Ma maison à moi me suffit. Même si elle n'est faite que de fer-blanc, elle a tenu debout quand des royaumes ont été renversés. Elle est mon refuge et ma forteresse tout à la fois. Qu'elle soit votre temple.

Impression réalisée sur Presse Offset par

BRODARD & TAUPIN

GROUPE CPI

La Flèche (Sarthe), 31707

N° d'édition : 3760
Dépôt légal : octobre 2005

Imprimé en France